825

Inhalt

Hereinspaziert!

Harry trat durch die kleine Wohnwagentür ins Freie und reckte die Nase in die Luft. »Was für ein herrlicher Morgen!«, dachte er, kletterte auf das Treppengeländer und rutschte auf seinem Fellpo hinunter. Dort blieb er einen Moment stehen, um sich von der Sonne den Pelz wärmen zu lassen. Besser konnte ein Tag nicht beginnen! Er streckte sich ausgiebig und begann dann mit seinem Frühsport: zwanzig Kniebeugen. Weil er so gute Laune hatte, machte er gleich noch zehn Liegestütze hinterher. Dann stand er wieder auf und schüttelte die Pfoten aus.

Während er seinen Blick über den Rasen zum Zirkuszelt gleiten ließ, joggte er noch ein wenig auf der Stelle –

er mochte das lustige Gefühl in den Hamsterbacken, wenn die Schnurrhaare auf und ab wippten. Nach ein paar Minuten beschleunigte er sein Tempo und rannte schließlich los. Kurz vor dem Ziel warf er sich auf den Bauch, um das letzte Stück zu schlittern. Das machte er immer so, denn das war ein Riesenspaß! Schwungvoll glitt er unter der Plane des Zirkuszelts hindurch. Im Inneren war noch alles dunkel, aber Harry kannte den Weg genau. Er sprintete in die Manege und schnappte sich das lange weinrote Tuch, das wie ein Seil von oben herabhing. Dann schwang er vor und zurück. Juhu! Je mehr Schwung er bekam, desto besser wurde der Schaukelwind, der ihm durchs Fell fuhr. *Klick!* Er hatte seinen Fellpo nach vorne geschoben, die Hinterpfoten ausgestreckt und

den Lichtschalter angetippt. Das Zirkuszelt war jetzt hell erleuchtet.
Und während das Tuch weiter vor sich hin schaukelte, zog Harry sich nach oben, Zentimeter für Zentimeter, bis fast unter die Zirkusdachspitze. Von hier hatte er einen hamsterstarken Blick über die Manege und die Zuschauerplätze. Noch war nichts los, aber übermorgen war es so weit. Übermorgen würden Harry und seine Zirkusfreunde ihre neue Show vorstellen. Die Kinder würden sich auf den gemütlichen Sofas und weich gepolsterten Stühlen tummeln und ihn anfeuern, wenn er eines seiner waghalsigen Kunststücke vorführte. Nicht umsonst war Harry der gefragteste Zirkushamster der Welt. Und damit das auch so blieb, war es an der Zeit, mit dem Training zu beginnen. Harry ließ erst mit der linken Vorderpfote los und dann mit der linken Hinterpfote. So hing er eine Weile, dann wechselte er die Pfoten: Die linken Pfoten krallten sich wieder ins Tuch und die rechten streckte er von sich. Das war eine der leichteren Übungen. Harry mochte sie trotzdem, denn sie erforderte Konzentration. Und es war wichtig, nicht nur die Hamstermuskeln zu trainieren, sondern auch das Hamsterköpfchen. Er wechselte hin und her – festhalten, loslassen, Pfoten links, Pfoten rechts – und

begann schließlich, sich um das Tuch herum langsam nach unten zu drehen.

»Ach du heiliges Salatblatt!«, ertönte kurz darauf eine Stimme vom Eingang des Zirkuszelts. »Da wird ja die Schildkröte im Panzer verrückt! Ich bekomme jedes Mal einen fürchterlichen Schreck, wenn er allein dort oben herumturnt.«

Harry musste gar nicht nach unten blicken, um zu wissen, wer da gerade hereingekommen war: seine Freundin Gerda, die Rennschildkröte. Sie machte sich immer große Sorgen um alles Mögliche. Und um Harry ganz besonders – aber so war das nun mal mit besten Freunden.

»Trainingsbeginn ist um neun Uhr. Er kann doch nicht jedes Mal ohne uns anfangen!«, zwitscherte Wellensittich Franz und klang ein wenig entrüstet. Als Harry nun doch nach unten schaute, sah er, dass Franz auf Gerdas Panzer saß und sich von ihr tragen ließ. Wahrscheinlich hatte er mal wieder keine Lust zum Fliegen.

»Guten Morgen allerseits!«, rief Harry fröhlich und winkte. »Ist das nicht ein herrlicher Tag heute? Ich könnte Grashalme ausreißen vor Freude! Wartet, ich bin gleich bei euch.«

Gerda lachte. »Ach, Harry, deine gute Laune ist wirklich ansteckend. Na, komm schon runter, damit ich dich an meinen Panzer drücken kann!«

Während er sich weiter nach unten drehte, betrat Anna das Zirkuszelt. Anna war elf Jahre alt, hatte lange, blonde Haare und funkelnde grüne Augen. Sie war die gute Seele des Zirkus und kümmerte sich um Harry und seine Freunde. Er bewunderte sie für ihre ruhige Art, mit der sie den Tieren immer wieder neue Kunststücke beibrachte.

»Hallöchen!«, rief Anna fröhlich und hielt ihrer Schwester Saphira den Zirkuszelteingang auf. Die hatte nämlich die Hasenzwillinge Hoppi und Moppi dabei – den einen unter ihrem rechten Arm, den anderen unter dem linken.

»Hallo zusammen«, sagte Saphira und setzte die Hasen ab.

»Auf die Plätze, fertig, los!«, brüllte Moppi und raste los. Hoppi folgte ihm und so jagten sie ein paar Runden durch die Manege.

»Diese Hasen«, sagte Saphira mit einem Lachen und verfolgte staunend Runde um Runde, die die beiden drehten.

»Jeden Morgen dasselbe«, meinte Anna. »Aber

eigentlich finde ich es ziemlich praktisch – dann sind sie wenigstens gleich aufgewärmt.« Ihr Blick wanderte zu Harry. »Unser Hamsterchen treibt auch schon wieder Frühsport.« Sie ging in die Knie und streckte die Hand aus. »Na, komm mal her!«

Darauf hatte Harry nur gewartet, denn Annas morgendliche Streicheleinheit war für ihn das Schönste am Tag. Er sprang vom Tuch, flitzte zu ihr und reckte seinen Kopf in die Höhe, um sich unter dem Kinn kraulen zu lassen. Ohhhh, wie er das liebte!

»He, und was ist mit mir?«, beschwerte sich Gerda.

»Komme ja schon«, sagte Harry, lächelte Anna noch einmal an und lief dann zu seiner Schildkrötenfreundin. Als die sich auf die Hinterbeine stellte, rutschte Franz von ihrem Panzer und landete unsanft auf dem Boden.

»Aua«, tschilpte er. »Geht das nicht ein bisschen vorsichtiger?« Beleidigt flatterte er zu einem der Zuschauersofas und setzte sich auf die Lehne.

Saphira juchzte auf, als Harry und Gerda sich umarmten. Wobei eigentlich nur Harry von Gerda umarmt wurde. Er kam mit seinen kurzen Beinchen nämlich nicht einmal ansatzweise um ihren Panzer herum. »Die beiden sind echt so süß!«, rief Saphira. »Guck dir das doch mal an.«

»Ich weiß«, sagte Anna. »Die zwei sind wirklich unzertrennlich. Natürlich lasse ich sie auch im neuen Programm wieder gemeinsam auftreten. Die Kinder lieben das! Wir können dir ja gleich mal zeigen, was wir schon einstudiert haben.«

»Au ja«, antwortete Saphira. »Das wäre super. Vielleicht bekomme ich da noch ein paar Ideen für meine eigene Nummer.«

Während Anna sich im Zirkus um die Auftritte der Tiere kümmerte, trat Saphira selbst auf. Sie war drei Jahre älter als Anna, trug ihre dunklen Haare immer zum Pferdeschwanz und war Seiltänzerin. Manchmal turnte sie auch an dem Tuch, so wie Harry es gerade getan hatte.

»Moppi, Hoppi!«, rief Anna. »Genug gerannt. Wir wollen anfangen.«

Die Hasenzwillinge waren so in Fahrt, dass sie gar nicht reagierten. Anna seufzte. »Es wäre so viel einfacher, wenn mich die Tiere verstehen würden.«

»Das tun wir doch!«, rief Harry. »Wir verstehen dich! Sehr gut sogar!«

Gerda kicherte. »Harry, gib es auf«, sagte sie. »Anna hört nur ein Fiepen, wenn du redest.«

Harry fand es zu schade, dass er sich nicht mit den Zirkusmädchen unterhalten konnte.

Saphira stellte sich in die Laufbahn der Hasen und versuchte, sie einzufangen.

»Hehe«, machte Hoppi. »Du kriegst uns nicht!« Er flitzte einfach zwischen Saphiras Beinen hindurch und Moppi raste daran vorbei.

»Hallo!«, rief Harry. »Habt ihr nicht gehört? Wir wollen anfangen!«

Anna zog einen Zettel aus der Hosentasche und faltete ihn auseinander. »Lass die beiden«, sagte sie zu Saphira. »Sie werden schon gleich kommen.«

Franz erhob sich von seinem Platz, flog zu Anna und setzte sich auf ihre Schulter.

»Ich kenne wirklich niemanden, der so neugierig ist wie Franz«, flüsterte Gerda, doch der Vogel hatte es trotzdem gehört.

»Ich bin eben gerne informiert«, tschilpte er beleidigt. »Das ist ja wohl nicht schlimm.«

Anna begann vorzulesen. »Also, zuerst kommt Saphiras Nummer am Tuch, dann folgt Papa als Clown«, erklärte sie. »Nachdem er die Kinder im Zuschauerraum mit seiner Wasserblume nass gespritzt hat, krabbelt Harry in sein Hosenbein und kitzelt ihn. Die Kinder werden kreischen und juchzen, wenn Papa versucht, Harry zu fangen.«

»Ich kann es mir schon richtig gut vorstellen«, sagte Saphira, und auch Harry nickte begeistert, um Anna zu zeigen, dass er ganz ihrer Meinung war.

»Wenn Harry wieder aus dem Hosenbein rausgekrabbelt ist, betritt Gerda die Manege, und die beiden beginnen mit ihrem Auftritt«, fuhr Anna fort.

»Hauptsache, ich muss nicht wieder ein Wasserglas auf dem Rücken tragen«, murmelte Gerda.

»Das war doch super!«, meinte Hoppi, der nun endlich stehen geblieben war. Auch Moppi hielt mit einer

Vollbremsung an und wirbelte ein paar Sägespäne vom Manegenboden auf.

»Was war daran bitte schön super?«, fragte Gerda entrüstet. »Das Glas ist umgekippt und das Wasser lief von allen Seiten in meinen Panzer. Brrrrr!« Sie schüttelte sich.

»Ist jetzt egal«, zwitscherte Franz von Annas Schulter. »Lasst sie doch erst mal weiterlesen.«

Anna drehte ihren Kopf zum Wellensittich. »Was piepst du denn so rum? Keine Angst, du bist auch gleich dran!« Sie sah wieder auf ihren Zettel. »Dann kommt der Verwechslungstrick der Hasen und zum Abschluss Franz, der Papa die Blumen vom Hut klaut und im Zuschauerraum verteilt.«

»Sehr schön«, sagte Saphira. »Das klingt für mich nach einer runden Sache.« Sie beugte sich zu Harry und seinen Freunden herunter. »Findet ihr auch, oder?«

»Wollen wir mal hoffen, dass der Hamster nicht plötzlich ausfällt«, gab Moppi zurück. Er warf Harry einen vorwurfsvollen Blick zu, und der ahnte schon, was gleich wieder kam. »Er könnte krank werden«, fuhr Moppi fort. »Oder verschwinden. Einfach so, mir nichts, dir nichts.«

»Bitte erinnere mich nicht daran«, rief Gerda theatralisch. »Es war schrecklich. Was haben wir unseren Hamster gesucht!«

»Und hinterher wollte er nur noch mit Harry angesprochen werden«, schaltete sich Hoppi ein. »Das verstehe ich bis heute nicht. Johnny war doch ein passabler Name.«

Harry war es langsam leid, immer wieder dieselbe Geschichte zu hören. Er konnte sich selbst nicht erklären, was genau damals passiert war – er wusste nur noch, dass während einer Probe das Zirkuszelt plötzlich mächtig gewackelt und er kurz darauf in einem wunderschönen Buchladen gestanden hatte. Dort gab es eine nette Buchhändlerin und ein Mädchen namens Clara, das ihm den Namen Harry verpasst hatte. Und nach ein paar abenteuerlichen Tagen, die er nie in seinem ganzen Leben vergessen würde, war er wieder im Zirkus gelandet, als wäre nichts gewesen.

Harry zuckte mit den Schultern. »Ihr braucht euch keine Sorgen zu machen. Ich bleibe hier. Meinetwegen können wir jetzt loslegen!«

Er kletterte auf Gerdas Panzer, um Anna zu signalisieren, dass er bereit war.

Anna lachte. »Ich verstehe. Ihr wollt endlich arbeiten und nicht länger mein Gerede hören. Na dann los!« Sie streckte Hoppi und Moppi die Hand hin und sie schlugen mit ihren Vorderpfoten ein.

»Es ist so lustig, dass du den Hasen das beigebracht hast«, meinte Saphira. »Bist echt die beste Dompteurin, die ein Zirkus sich wünschen kann.«

»Danke«, sagte Anna und lächelte. »Wenn ich schon selbst keine Artistin bin, dann mache ich wenigstens die Tiere zu welchen.« Sie verschwand in dem kleinen Abstellraum, der an das Zirkuszelt grenzte, und kam kurz darauf mit einer Holzwippe unterm Arm zurück. Außerdem hatte sie Harrys winzigen Regenschirm in der Hand. Sie schüttelte den Kopf.

»Seht mal«, sagte sie und öffnete den Schirm. »Die Speichen sind total verbogen. Damit kannst du unmöglich auftreten, Harry.«

»Ach nö!«, rief der Hamster. »Das ist ja wohl die Obermöhre! Den brauche ich doch!« Seit vielen Jahren benutzte er den Schirm bei seiner Balanciernummer auf dem Seil. Ohne machte das Balancieren nur halb so viel Spaß!

»Irgendwie sieht der Hamster jetzt traurig aus«, sagte Saphira. »Findest du nicht?«

Anna blickte zu Harry, während sie die Wippe in die Mitte der Manege stellte. »Ich versuche, einen neuen Schirm zu besorgen, versprochen«, meinte sie und lächelte Harry aufmunternd zu.

Hoppi und Moppi sprangen auf die Wippe und wippten los. »Sehr gut«, sagte Anna. »Und gleich wechselt ihr die Positionen.« Sie sah ihre Schwester an: »Irgendwann tauschen sie so schnell hin und her, dass du nicht mehr weißt, wer wer ist. Das ist wirklich lustig.«

Dann wandte sie sich an Gerda und Harry. »Gerda, du läufst erst mal drei langsame Runden. Harry, du bleibst ganz ruhig auf den Hinterpfoten stehen und balancierst dich auf ihrem Rücken aus.«

Gerda streckte ihren Kopf zu Harry nach hinten. »Bist du bereit?«

Harry nickte und Gerda trabte an.

»Und jetzt ein bisschen schneller«, sagte Anna nach drei Runden. »Franz, du fliegst bitte los und machst ungefähr dort …«, sie deutete Richtung Zirkuszeltdach, »… eine Schraube. Und dann im Steilflug zu diesen Plätzen dort. Aber pass auf, dass du nicht am Tuch hängen bleibst.«

»Wird gemacht«, sagte Franz und flatterte los.

Harry spürte, wie Gerda das Tempo beschleunigte. Seine Schnurrhaare wippten lustig auf und ab. Er musste sein Gewicht ein bisschen verlagern, um nicht vom glatten Panzer zu rutschen, aber das war einfach.

»Wenn du magst, kannst du jetzt mit deiner Choreografie anfangen, Harry«, rief Anna. Auf dieses Signal hatte er nur gewartet. Er verbeugte sich erst einmal nach links und nach rechts, um die Zuschauer zu begrüßen. Die waren jetzt natürlich noch nicht da, aber das gehörte zum Programm. Dann streckte er die Vorderpfoten nach oben, holte Schwung und machte einen Handstand. Die Hinterfüße streckte er aus, sein ganzer Körper war angespannt. Gerda galoppierte ruhig und gleichmäßig und Harry blieb vier Runden lang in dieser Position. Dann stellte er sich wieder auf die Hinterbeine und schloss die Augen. Der nächste Trick – ein Rückwärtssalto aus dem Stand – erforderte höchste Konzentration. Harry atmete tief durch und zählte langsam runter. Drei … zwei …

Plötzlich begann es unter ihm kräftig zu wackeln. »Gerda, was ist …« Bevor er den Satz zu Ende sprechen konnte, wurde er durch die Luft gewirbelt. »Ahhhhh«, rief Gerda. Und dann wurde alles um sie herum schwarz.

Eine unsanfte Landung

Rums!

»Aua, mein Kopf«, jammerte Gerda.

Harry öffnete die Augen. Seine Freundin hatte sich in ihren Panzer zurückgezogen. Harry rappelte sich auf und klopfte zaghaft dagegen. »Alles in Ordnung bei dir?«, fragte er.

»Nein!«, dröhnte es von drinnen. »Es ist stockduster!«

»Könnte daran liegen, dass du in deinem Panzer steckst«, antwortete er.

»Ach so«, sagte Gerda. Und nach einer kurzen Pause: »Aber mir ist auch schwindelig. Was ist denn schiefgegangen bei unserer Nummer? Bin ich gestolpert?«

»Keine Ahnung«, antwortete Harry. »Vielleicht.« Er erinnerte sich nur noch daran, dass er zum Rückwärtssalto angesetzt hatte. Was dann passiert war, wusste er nicht mehr. War er durch die Luft gewirbelt und dann versehentlich auf Gerdas Kopf gelandet? Als er sich umblickte, fuhr ihm der Schreck in die Pfoten. Ach du heiliges Salatblatt! Sie waren gar nicht mehr im Zirkus! Aber wo dann? Und wie waren sie hierhergekommen?

Der Holzboden unter seinen Füßen fühlte sich glatt an. Nicht so wie der schöne, weiche Sägespanboden in der Manege. Besonders sauber war es hier auch nicht – überall waren Staubflusen, Dreck und kleine Papierkügelchen verstreut. Ansonsten sah Harry nur Beine: Tischbeine, Stuhlbeine und Kinderbeine. Besser nicht bewegen, dachte er, denn Gerda und er befanden sich ziemlich nah an einem Kinderbeinpaar. Vorsichtig drehte er den Kopf und entdeckte eine Tasche, die am Tischbein lehnte.

»Da wird ja der Hamster im Rad verrückt«, zischte er, denn allmählich dämmerte es ihm, wo Gerda und er waren. So eine Tasche hatte er nämlich schon mal gesehen. Sein Herz fing laut an zu klopfen. Das konnte doch nicht sein!

»Warum sagst du: ›Da wird ja der Hamster im Rad

verrückt‹?«, fragte Gerda aus dem Inneren ihres Panzers heraus.

»Weil mir gerade klar geworden ist, wo wir sind«, flüsterte Harry. »Und ich glaube, das wird dir nicht sonderlich gut gefallen. Wir sind nämlich ...« Er zögerte, weil er nicht wusste, wie seine Freundin auf diese Nachricht reagieren würde. Sie machte sich ohnehin schon immer über alles Mögliche Sorgen. Nicht dass sie gleich vor Schreck in Ohnmacht fiel!

»Nun sag schon«, drängte sie.

»Wir sind in einer Schule.«

»Schule? Was soll das denn sein?« Gerda schob ihren Kopf ein winzig kleines Stück vor.

»Na, so ein großes Haus mit ganz vielen Zimmern. Da werden die Menschenkinder hingeschickt, damit sie rechnen, schreiben und lesen lernen«, antwortete Harry.

Gerda schob ihren Kopf noch etwas weiter vor. »Aha«, sagte sie. »Und woher weißt du das alles?«

»Ich habe so etwas schon mal gesehen«, meinte Harry. »Beim letzten Mal, als ich ... na ja ... als ihr mich im Zirkus alle gesucht habt, weil ich plötzlich weg war.«

Er blickte sich suchend um. Wenn wirklich das

825

passiert war, was er vermutete, lag doch wahrscheinlich irgendwo …

»Was soll das heißen?«, unterbrach Gerda Harrys Gedanken. »Du warst in einer Schule? Mit Menschenkindern? Und da …« Sie schluckte schwer. »… und da sind wir jetzt auch?« Ihre Stimme war nur noch ein leises Fiepen und ihr grünes Gesicht war plötzlich ganz blass.

»Beruhige dich«, sagte er und tätschelte ihren Panzer. »Am Ende täusch ich mich.« Er nahm die Tasche ins Visier, die am Tischbein lehnte. Vielleicht fand er darin ja den entscheidenden Hinweis! Er schnappte sich einen der dicken Riemen und zog sich daran hoch. Das fiel ihm nicht schwer, schließlich hatte er das gerade noch im Zirkus geübt.

»Bist du verrückt?«, winselte Gerda. »Komm da wieder runter!«

Harry warf einen Blick in die Tasche, doch da waren nur bunte Mappen und eine braune Banane drin. Von hier oben hatte er allerdings gute Sicht. Langsam drehte er sich im Kreis. Und da! Auf der anderen Seite der Tasche lag ein Buch auf dem Boden. DAS Buch. *Johnny, der Zirkushamster*. Harry hatte es sofort erkannt.

Es war also schon wieder passiert. Harry wurde gleichzeitig heiß und kalt. Er ließ sich am Riemen der Tasche nach unten gleiten, klopfte sich das Fell ab und legte seine Pfote an Gerdas Wangen.

»Was ist?«, fragte sie. »Hast du noch mehr schlechte Nachrichten für mich?«

»Wir sind aus unserem Buch gefallen«, erklärte er Gerda. Auch wenn er wusste, dass das viel zu viel für die schwachen Nerven seiner Freundin war, musste er ihr die Wahrheit sagen.

»Was meinst du damit? Ich verstehe überhaupt nichts mehr!« Sie hielt sich das linke Vorderbein an die Stirn, als hätte sie Kopfschmerzen. »Du redest von Schule und Menschenkindern und einem Buch, aus dem wir gefallen sind. Was für ein Buch? Und wie kann man bitte schön aus einem Buch herausfallen? Dazu müssten wir ja …«

»… Teil einer Geschichte sein«, beendete Harry ihren Satz. »Ganz genau. Das Buch dort drüben heißt *Johnny, der Zirkushamster*. Es ist ein Zirkuszelt darauf abgebildet.« Er versuchte, Gerda die ganze Sache schonend beizubringen.

»Johnny …«, sagte sie sehnsuchtsvoll. »Das war dein Name … bevor du wolltest, dass wir dich Harry nennen.«

»Das ist jetzt eigentlich unwichtig, aber ja«, entgegnete Harry. »Ich weiß auch nicht, wie das möglich ist. Wir beide sind Teil einer Geschichte. Die in diesem Buch geschrieben steht. Und aus diesem Buch sind wir eben herausgeplumpst.«

Gerda schwieg. Und schwieg. Und seufzte schließlich.

»Na, dann sollten wir schleunigst versuchen, wieder dorthin zurückzukommen!« Ehe Harry etwas erwidern konnte, stürzte sie schon auf die Tasche zu. Sie machte ihrem Namen als Rennschildkröte wirklich alle Ehre. Im Eifer des Gefechts stieß sie jedoch gegen ein Paar

Kinderfüße. »Autsch«, rief Gerda, sauste aber weiter, stellte sich auf das Buch und stampfte mit allen vier Füßen darauf herum.

Da beugte sich ein Kopf zu ihnen herunter. Er war riesig und gehörte zu einem Jungen mit braunen Locken, braunen Augen und einer Brille auf der Nase.

»Ahhhhh«, kreischte Gerda und zog sich blitzschnell in ihren Panzer zurück.

»Wow!«, rief der Junge, und sein Kopf verschwand wieder. Dafür fingen die Füße aufgeregt an zu zappeln.

»Was ist denn, Linus?«, fragte eine weibliche Stimme, die Harry ein kleines bisschen an Penelope, die Mama von Anna und Saphira, erinnerte.

»Da sind ein Hamster und eine Schildkröte unter meinem Tisch«, antwortete der Junge, und sein Kopf tauchte wieder auf. Linus lächelte, doch Harry brach der kalte Schweiß aus. Bei seinem letzten Schulbesuch hatte er gelernt, dass es in Klassenzimmern spezielle Regeln gab, und wenn er sich recht erinnerte, waren Tiere nicht unbedingt erwünscht.

»Wir müssen uns verstecken!«, rief Harry und klopfte gegen Gerdas Panzer. »Wer weiß, wo wir sonst landen.«

»Ich habe mich doch schon versteckt«, flüsterte es dumpf aus dem Inneren.

»Ja, deinen Kopf und deine Füße vielleicht. Aber ansonsten bist du sehr gut zu erkennen.« Harry sah sich hektisch um und entdeckte auf einem kleinen Sims einige Töpfe, aus denen Pflanzen ragten.

»Ach, Linus«, hörte er die Stimme der Frau sagen. »Du hast wirklich eine blühende Fantasie.«

»Das habe ich mir nicht ausgedacht«, entgegnete der Junge. »Schauen Sie doch selbst!«

Die anderen Kinder in der Klasse fingen an zu lachen.

»Los, komm jetzt«, zischte Harry und schob Gerda ein Stück an. »Dahinten ist ein gutes Versteck!« Gerda fuhr widerwillig Kopf und Beine aus ihrem Panzer und dann rannten sie los, zwängten sich durch den Spalt zwischen den Blumentöpfen und der Wand und verharrten in der Ecke. Puh, geschafft!

Im Klassenraum brach Unruhe aus – die Kinder redeten durcheinander, schoben ihre Stühle vor und zurück und irgendjemand musste sich den Kopf gestoßen haben. Es hatte jedenfalls gerumst und dann war ein Fluchen zu hören.

»Wir müssen uns ganz ruhig verhalten und dürfen uns nicht bewegen«, flüsterte Harry.

»Es ist schrecklich staubig hier«, erwiderte Gerda

nicht gerade leise. »Der Schmutz klebt an meinen Füßen und – haaaatschi!«

Harry hielt Gerda die Pfoten vor die Nase.

»Leise!«, zischte er, und in diesem Moment rief die Frauenstimme dasselbe durch die Klasse – nur etwa hundertmal lauter.

Die Kinder beruhigten sich und klackernde Schritte waren zu hören. Und sie kamen näher.

»Oh nein!«, raunte Gerda panisch. »Schildkröten dieser Welt, steht mir bei!«

Harrys Schnurrhaare begannen zu zittern. Was, wenn sie von dieser Frau entdeckt wurden? Die klackernden Schritte klangen so, als käme sie genau auf Gerda und ihn zu. Das Geräusch hatte etwas Bedrohliches, und Harry fragte sich, wie ein Paar Schuhe nur einen solch entsetzlichen Lärm machen konnte. Trugen Menschen außerhalb von Büchern vielleicht gar keine Schuhe, sondern irgendetwas anderes an ihren Füßen?

Plötzlich hörte das Klackern auf und Harry griff mit seiner Pfote nach Gerdas rechtem Vorderbein.

»Was passiert jetzt?«, fragte Gerda.

Harry stellte sich auf die Pfotenspitzen, um etwas zu erkennen. »Ich weiß es nicht«, flüsterte er. Durch den Spalt neben dem Blumentopf spähte er auf ein riesiges

Paar Füße, das in Schuhen steckte, wie sie Harry noch nirgends gesehen hatte. Sie waren schwarz und aus glänzendem Material, und am hinteren Teil befanden sich Klötze, die in etwa Harrys Größe hatten, wenn er sich auf die Hinterpfoten stellte. Es musste furchtbar unbequem sein, so zu laufen! Harry wunderte sich so über die Schuhe, dass er seine Angst fast vergessen hatte. Deshalb zuckte er zusammen, als die Stimme der Frau verkündete: »Ich kann hier beim besten Willen keinen Hamster sehen, Linus. Und auch keine Schildkröte. Da musst du dich vertan haben.«

»Gar nicht«, erwiderte Linus. »Die Schildkröte saß auf meinem Buch und der Hamster stand dahinter. Er hatte ein rot-weiß gestreiftes Hemdchen an.«

Ein Mädchen kicherte, drei Jungs grölten, und irgendwer sagte: »Was für ein Riesenquatsch!«

»Gar nicht!«, sagte Linus wieder, und seine Stimme zitterte ein wenig. Oh nein, Harry wollte nicht, dass der Junge wegen ihnen in Schwierigkeiten kam! Aber Gerda und er konnten sich unmöglich zeigen, damit die anderen Kinder Linus glaubten. Viel zu gefährlich!

Die Frau klatschte in die Hände. »So, jetzt machen wir mit dem Unterricht weiter. Vielleicht besuchen uns hier ja irgendwann wirklich mal ein Hamster und eine Schildkröte. Das würde Herkules bestimmt auch gefallen.«

»Herkules?«, stieß Gerda aus. »Welcher Herkules? Der aus der griechischen Sage? Der mit seiner Keule einen Löwen erlegt hat?«

Harry zuckte mit den Schultern. »Weiß nicht. Wie sollte der denn hierherkommen? Dazu müsste er ja …« Sein Herz klopfte plötzlich wie wild, als ihm wieder einfiel, wie er und seine Schildkrötenfreundin in diesem Klassenzimmer gelandet waren.

»… aus einem Buch gefallen sein?«, rief Gerda ängstlich. Sie hatte offensichtlich den gleichen Gedanken gehabt. »So wie wir? Dann bringt uns unser Versteck hinter dem Blumentopf aber reichlich wenig. Wir müssen weg, und zwar sofort.«

Plötzlich schrillte eine Klingel.

»Meine Ohren!«, schrie Gerda, und auch Harry fuhr ein Schreck durch die Glieder. Wo zum Hasenfurz kam dieser Lärm her? Die Kinder sprangen plötzlich alle auf und waren außer Rand und Band. Sie nahmen ihre Taschen und schoben die Stühle an die Tische.

Nach ein paar Minuten hatte sich der Raum geleert.

»Was für eine herrliche Stille«, sagte Gerda, und endlich kam wieder etwas grüne Farbe in ihr Gesicht.

Nur ein Kind war noch da: Linus packte seine Sachen zusammen und murmelte vor sich hin: »Und da waren wohl ein Hamster und eine Schildkröte. Die anderen denken, ich spinne, aber ich weiß doch, was ich gesehen habe.«

Harrys Herz sank. Wie gerne hätte er dem Jungen zugerufen, dass er recht hatte und nicht an seinem Verstand zweifeln sollte. Aber abgesehen davon, dass Harry sich keinem dieser Menschen zeigen wollte, würde der Junge ihn leider sowieso nicht verstehen.

»Auch wenn ihr euch jetzt irgendwo versteckt habt«,

sagte der Junge etwas lauter, »ich weiß, dass ihr da seid. Und ich finde euch bestimmt wieder!«

»Oh nein«, jammerte Gerda.

»Psst«, machte Harry, denn er hörte wieder Schritte. Diesmal klackerten sie aber immerhin nicht so laut. Er sammelte blitzschnell ein paar Staubflocken zusammen und bedeckte Gerdas Panzer damit, dann duckte er sich hinter sie und hoffte, dass sie nicht entdeckt wurden.

»Was machst du denn noch hier?«, fragte da eine Stimme, die offenbar nicht zu Linus, sondern zu einem anderen Kind gehörte.

»Nichts«, antwortete Linus so leise, dass man es kaum verstehen konnte.

»Du suchst doch was, oder?«, meinte das Kind. »Soll ich dir helfen?«

Harry konnte nicht sehen, ob Linus nickte oder den Kopf schüttelte – zu hören war jedenfalls nichts.

»Den Hamster und die Schildkröte?«, fragte das andere Kind.

Und obwohl Linus wieder nichts erwiderte, redete es einfach weiter: »Ich suche auch etwas … Mein Rennauto hat einen Reifen verloren. Das ist vielleicht ärgerlich! Ich habe es gerade erst neu bekommen, dann habe ich es ausprobiert, Vollspeed natürlich. Bin leider über einen Stein gefahren. *Wusch* – Reifen weg.«

»Hm«, machte Linus.

»Wir sind hier übrigens alle ganz nett«, sagte das Kind. »Du brauchst keine Angst haben. Aber wahrscheinlich vermisst du deine alten Freunde, oder?«

Linus schwieg.

»Na gut«, meinte das Kind. »Aber falls du zufällig meinen Reifen findest, sagst du mir Bescheid, ja?«

»Hm«, machte Linus wieder.

Die Tür zum Klassenzimmer fiel zu und es herrschte absolute Stille. Harry atmete erleichtert auf.

Herkules

Sind alle weg?«, fragte Gerda leise.

»Ich glaube schon«, antwortete Harry. Er stand auf und schüttelte sich den Staub aus dem Fell. Dann fing er an, Gerda sauber zu wischen. Die nieste achtmal hintereinander. »Jetzt aber raus hier aus dieser schmutzigen Ecke«, schimpfte sie und zwängte sich durch den Spalt. »Und dann schnurstracks zurück zum Zirkus.«

Harry folgte ihr. Er fand diesen Raum eigentlich ganz interessant und wollte sich lieber noch eine Runde umschauen, bevor sie wieder aufbrachen.

Während Harry die bunten Regenbogenbilder an der Wand bestaunte, raste Gerda zurück zu Linus' Platz.

»Nein, nein, nein!«, rief sie verzweifelt.

Was war denn jetzt schon wieder? Harry drehte sich um und sah, dass sie die Vorderfüße überm Kopf zusammenschlug. »Das Buch ist weg!«, jaulte sie und sah aus, als würde sie jeden Augenblick anfangen zu weinen.

»Keine Panik«, sagte Harry. »Das finden wir schon wieder.« Natürlich hatte er selbst keine Ahnung, wo sie suchen sollten, aber er musste es schaffen, seine Schildkrötenfreundin zu beruhigen. Mit Verzweiflung kamen sie nicht weiter.

»In diesem Labyrinth aus Tischbeinen und Stuhlbeinen sieht man überhaupt nichts«, beschwerte sich Gerda. »Wie soll man hier irgendetwas finden?«

»Da vorne ist ein Regal«, sagte Harry, der eine größere Lücke zwischen zwei Tischreihen entdeckt hatte. »Mit lauter Büchern, siehst du? Da gucken wir erst mal nach.«

»Aber das ist doch viel zu hoch«, jammerte Gerda.

Harry stellte sich auf die Hinterbeine und stemmte die Vorderpfoten in die Seite. »Gerda! Wie lange kennst du mich? Ich bin Artist! Das ist ein Klacks für mich. Das Stichwort lautet *Hamsterschleuder*!«

Gerda sah Harry fragend an.

»Na, ist doch ganz einfach! Ich stelle mich auf deinen Panzer, du rast lost und kurz vor dem Regal machst du eine Vollbremsung. Dann werde ich nach oben katapultiert. Was meinst du?«

Gerda nickte langsam. »Ja, könnte funktionieren.«

»Wir müssen aber erst mal ein paar Tische und Stühle zur Seite schieben«, stellte Harry fest. »Sonst haben wir gar keine Rennstrecke.«

Gerda stöhnte. »Also gut, fangen wir an.« Sie warf sich mit ihrem Panzer gegen Linus' Stuhl, doch es passierte nichts.

Harry lachte. »Wir sollten es vielleicht besser zu zweit probieren!« Gerda war zwar superschnell, allerdings nicht sonderlich stark. Bei Harry war es umgekehrt. Die beiden ergänzten sich also hervorragend.

Sie gingen um den Stuhl herum. »Eins, zwei, drei«, zählte Harry, und gemeinsam schoben sie den Stuhl bis an die Wand.

Gerda ächzte. »Ich kann nicht mehr«, stieß sie schwer atmend aus. »Noch so einen Stuhl schaffe ich nicht.«

»Okay, dann versuche ich es allein«, meinte Harry und stemmte sich mit den Vorderpfoten gegen den zweiten Stuhl. Auch der ließ sich problemlos beiseite-

schaffen. Er schüttelte kurz seine Pfoten aus. »Jetzt nur noch der Tisch«, sagte er. »Der könnte allein etwas schwierig werden. Hilfst du mir noch einmal?«

Gerda, die gerade an einem herumliegenden Apfelschnitz geschnuppert hatte, drehte sich um und sah ihn vorwurfsvoll an. Dann verengte sie die Augen zu Schlitzen, rief: »Tschakaaaaa!«, und raste auf das Tischbein zu. Sie stieß mit ihrem Panzer dagegen und der Tisch fing tatsächlich an zu ruckeln. Da gab es plötzlich einen lauten Knall.

»Hilfeeee!«, schrie Gerda und verzog sich wieder in ihren Panzer. Auch Harry machte einen Satz zurück.

Sein Blick wanderte blitzschnell durch den Raum. Was war das für ein Geräusch gewesen?

Dann lachte er auf. »Gerda, das war schildkrötenstark!«, rief er und klopfte auf ihren Panzer.

»Hä?«, dröhnte es aus dem Inneren.

»Schau mal, was du geschafft hast!«

Vorsichtig schob sie den Kopf wieder hervor. Als sie entdeckte, auf was Harry zeigte, lächelte sie über ihr ganzes kleines Schildkrötengesicht. »Das Buch ist wieder da!«

»Es muss vom Tisch gefallen sein«, überlegte Harry. »Oder es lag in dem Fach drunter.«

»Na, dann können wir jetzt ja endlich zurück in unsere Geschichte«, sagte Gerda zufrieden. »Stell das Buch mal gerade hin, Harry.«

Harry war froh, dass sich Gerdas Laune schlagartig gebessert hatte und sie jetzt voller Tatendrang war. Er hob das Buch ein Stück an, richtete es auf, schob es zum Tischbein und lehnte es dagegen.

»Unser wunderschöner Zirkus«, schwärmte Gerda. »Leute, macht euch keine Sorgen! Gleich bin ich zurück!«

»Was hast du vor?«, erkundigte sich Harry.

»Na, ich laufe auf das Buch zu, und dann wird sich

sicher eine geheime Tür öffnen, durch die ich wieder hineinschlüpfen kann. Und *schwups* bin ich zu Hause.«

Harry konnte sich nicht daran erinnern, dass er das bei seinem letzten Ausflug so gemacht hatte, aber er wollte Gerdas Hoffnungen nicht zerstören. »Also gut«, sagte er deshalb.

Und ehe er sichs versah, sprintete Gerda los und hechtete auf das Buch zu. Doch es öffnete sich keine Tür. Es machte auch nicht *schwups*. Es passierte gar nichts. Außer, dass Gerda sich gehörig den Kopf stieß. »Hasenfurz!«, beschwerte sie sich. Sie ließ sich allerdings nicht so schnell entmutigen. »Okay, dann funktioniert es vielleicht anders«, murmelte sie. Sie schien zu überlegen.

»Ich glaube ehrlich gesagt nicht, dass das so einfach geht«, sagte Harry vorsichtig.

Gerda sah ihn mit einem strengen Blick an. »Warum sagst du so etwas? Irgendeinen Weg muss es doch geben! Oder meinst du, wir bleiben jetzt für immer hier in diesem Riesenlabyrinth?« Sie ließ ihren Kopf einmal herumkreisen. »Das wäre aber nicht schön!«

Harry hatte Angst, dass Gerda gleich wieder in Panik geriet. »Du hast natürlich recht«, sagte er deshalb schnell. »Und darum überlegen wir jetzt noch mal in aller Ruhe.«

»Blättere das Buch auf!«, befahl Gerda. »Vielleicht müssen wir direkt in die Seiten springen.«

Harry tat, was Gerda von ihm wollte. »Na dann«, sagte er. »Wenn es klappt, folge ich dir gleich.«

Gerda trabte wieder zu ihrem Startpunkt. »Auf die Plätze, fertig, los!«, rief sie sich selbst zu und rannte los. Als sie gegen die Seiten stieß, kippte das Buch um. Mehr geschah nicht.

»Grrrrr«, machte Gerda. »Gleich werde ich sauer. Aber *eine* Idee habe ich noch. Wenn die auch nicht funktioniert, werde ich mich zum Nachdenken in meinen Panzer zurückziehen. Da kommen mir immer die besten Einfälle.«

Plötzlich räusperte sich jemand. Harry zuckte zusammen.

»Ich sehe mir das ganze Spektakel nun schon eine Weile an. Dürfte ich vielleicht erfahren, was ihr da tut?«

»Hier ist jemand!«, wisperte Gerda. »Steig auf! Wir müssen weg … und zwar sofort!« Nervös blickte sie sich um. »Woher kam das?«

Dieselbe Frage hatte sich Harry auch gestellt. Es hatten doch alle Kinder den Raum verlassen … und die Frau ebenfalls. Und in der Zwischenzeit war die Tür auch nicht noch einmal aufgegangen.

»Los«, zischte Gerda. »Hinter diesem schwarzen Ding da vorne …« Sie deutete mit ihrem Vorderfuß auf eine Art Eimer, aus dem jede Menge Papier hervorguckte. »… finden wir bestimmt Schutz.«

Harry schüttelte den Kopf. »Warte kurz«, flüsterte er.

»Worauf?«, fragte Gerda. »Dass uns einer schnappt?«

»Wenn ich euch irgendwie helfen kann«, sagte die Stimme, »dann lasst es mich wissen.«

»Das ist bestimmt nur ein Trick«, raunte Gerda. »Aber darauf fallen wir nicht rein!«

Harrys Gehirn arbeitete auf Hochtouren. »Meerschweinisch!«, sagte er schließlich leise. »Das war Meerschweinisch!«

»Meinst du echt?«, fragte Gerda misstrauisch und

vergaß dabei zu flüstern. Als ihr das bewusst wurde, hielt sie sich schnell den Fuß vor den Mund.

Harry nickte. »Mein Onkel war mal mit einem Meerschweinchen befreundet. Die haben alle so ein leichtes Pfeifen in der Stimme.«

»Aber hier ist doch nirgends ein Meerschweinchen zu sehen!«, sagte Gerda und stampfte auf. »Haaaaaalloooo, Meerschweinchen! Wo bist du und wie heißt du?«

»Hier oooooben!«, kam es zurück. »Und ich heiße Heeeeerkuuuuules!«

Gerda schrie auf. Ohne auf ihren Freund zu achten, raste sie davon. Harry konnte gar nicht so schnell gucken, da war sie schon verschwunden. Er blieb wie angewurzelt stehen und versuchte, seine Gedanken zu sortieren. Herkules war ein alter Sagenheld, klar. Aber wenn der wirklich aus einem Buch gekommen war, so wie Harry und Gerda, hätte man ihn doch irgendwo sehen müssen. So ein Sagenheld war bestimmt riesengroß. Außerdem war sich Harry zu hundert Prozent sicher, dass das Meerschweinisch war, was er da hörte.

»H-hallo, H-Herkules«, sagte Harry zaghaft. »Wir s-sind n-nur ein k-kleiner Hamster und eine Schildkröte. Total harmlos, wirklich.«

»Na, das freut mich ja zu hören«, antwortete

Herkules. Harry fand, dass er eigentlich recht freundlich klang. »Ich stehe übrigens auf dem Schrank rechts von dir. Dreh dich mal ein Stück zur Seite.«

»Tu es nicht!«, zischte Gerda aus einer Ecke am anderen Ende des Klassenzimmers.

Harrys Blick wanderte langsam Richtung Schrank. Der war zwar nur etwa halb so hoch wie das Bücherregal, aber trotzdem riesig. Darauf stand ein Käfig. Und hinter den Gitterstäben war ein weißes Fellgesicht mit wuscheligen Ohren, rosafarbenem Näschen und Schnurrhaaren zu sehen. Es hatte dunkle Augen und trug eine große, runde Brille. Das sah kein bisschen gefährlich aus. Zumindest erst mal nicht. Harry war erleichtert.

»Gerda, Entwarnung!«, rief er. »Es ist wirklich nur ein Meerschweinchen.«

»Was heißt hier ›nur‹?«, fragte das Meerschweinchen namens Herkules.

»Ähm, nein, Entschuldigung, so war das nicht gemeint«, beeilte sich Harry zu sagen. Er wollte Herkules keineswegs verärgern – vielleicht hatte sein Name etwas zu bedeuten und er war eine Art Superhelden-Meerschweinchen. »Wir freuen uns, dich kennenzulernen. Oder, Gerda?«

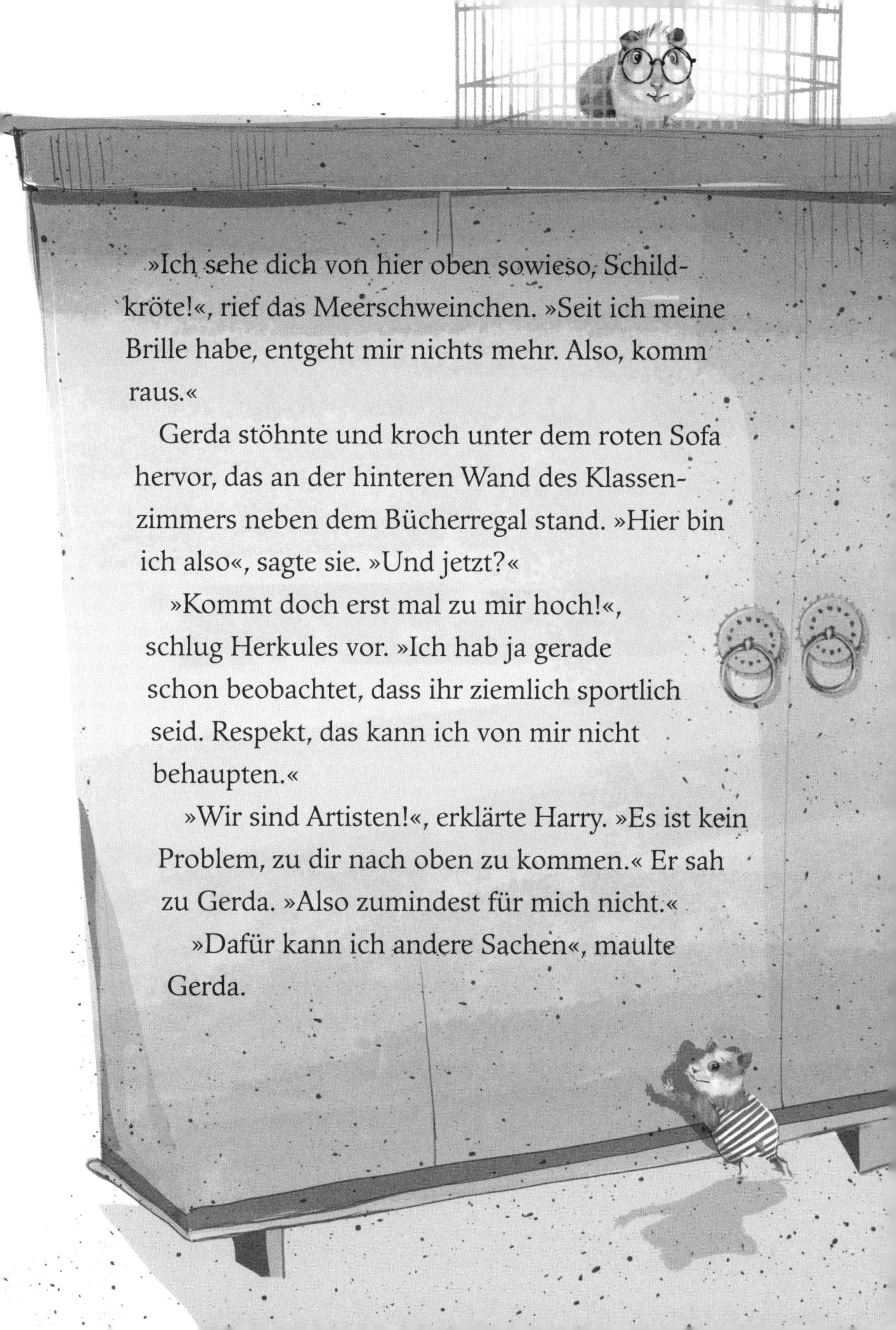

»Ich sehe dich von hier oben sowieso, Schildkröte!«, rief das Meerschweinchen. »Seit ich meine Brille habe, entgeht mir nichts mehr. Also, komm raus.«

Gerda stöhnte und kroch unter dem roten Sofa hervor, das an der hinteren Wand des Klassenzimmers neben dem Bücherregal stand. »Hier bin ich also«, sagte sie. »Und jetzt?«

»Kommt doch erst mal zu mir hoch!«, schlug Herkules vor. »Ich hab ja gerade schon beobachtet, dass ihr ziemlich sportlich seid. Respekt, das kann ich von mir nicht behaupten.«

»Wir sind Artisten!«, erklärte Harry. »Es ist kein Problem, zu dir nach oben zu kommen.« Er sah zu Gerda. »Also zumindest für mich nicht.«

»Dafür kann ich andere Sachen«, maulte Gerda.

Herkules fing schallend an zu lachen. »Ja, das habe ich wohl gesehen. Du rennst wahnsinnig schnell und kannst mit deinem Panzer sogar Tische umhauen. Also fast.«

Harry hatte das Gefühl, dass Gerda ein kleines bisschen rot wurde.

»Na dann – Hamster!«, rief Herkules.

»Kannst Harry zu mir sagen«, meinte Harry. »Und das hier ist Gerda.«

»Hamsterschleuder?«, fragte Gerda, und Harry nickte. Er krabbelte auf ihren Panzer, dann lief sie erst ein paar Schritte zurück und schließlich mit vollem Karacho auf das kleine Schränkchen zu. Als Gerda eine Vollbremsung machte, wurde Harry in hohem Bogen durch die Luft geschleudert und landete genau auf dem Käfig.

»Beeindruckend!«, sagte Herkules. »Wärst du bitte so freundlich, meine Käfigtür zu öffnen? Ich brauche dringend etwas Auslauf.«

Das konnte Harry gut verstehen. Den ganzen Tag eingesperrt zu sein, war bestimmt nicht schön. Aber konnte er diesem Meerschweinchen trauen? Er kannte es schließlich überhaupt nicht. Vielleicht führte es irgendetwas im Schilde? Andererseits war es dafür viel zu kuschelig.

»Ich weiß genau, was du denkst«, sagte das Meerschweinchen. »Du denkst: Dieser Typ heißt doch Herkules, das kann nichts Gutes bedeuten. Es gab schließlich mal einen Sagenheld mit diesem Namen und der hatte es faustdick hinter den Ohren.« Er setzte sich auf die Hinterbeine und breitete die Vorderpfoten aus. »Ich habe die Herkules-Sage selbst gelesen. Unmöglich, dieser Kerl. Aber lasst euch gesagt sein: Ich kann keiner Fliege etwas zuleide tun. Diesen schrecklichen Namen habe ich einer Horde Kinder zu verdanken. Bis heute weiß ich nicht, wie sie darauf gekommen sind. Seht mich doch mal an!« Herkules strich sich mit den Vorderpfoten über den Bauch. »Ich bin ein bisschen dick, mag es gemütlich und will keinen Stress. Und da nennen sie mich Herkules? Ich hätte Schnuffi oder Flecki oder Wuschel schön gefunden. Aber nein! Herkules!«

Das Meerschweinchen redete sich richtig in Rage. Vielleicht bekam es bessere Laune, wenn Harry ihm den Käfig öffnete? Mit einem Salto sprang er vom Käfigdeckel und fummelte das Türchen auf.

Herkules seufzte. »Danke! Eine größere Freude hättest du mir nicht machen können!« Er hopste aus dem Käfig, reckte und streckte sich und hängte sich eine kleine Tasche um. Dann lief er zur Fensterbank,

die direkt an den kleinen Schrank grenzte. »Bestes Wetter!«, stellte er fest. »Die Sonne scheint und es geht ein leichter Wind.« Seine Brille war ihm von der Nase gerutscht, sodass er sie wieder hochschieben musste.

Harry stellte sich neben ihn und blickte ebenfalls aus dem Fenster. Ein seltsames Gefühl überkam ihn. Wenn er aus seinem Wohnwagenfenster sah, stach ihm als Erstes das Zirkuszelt ins Auge. Jetzt lag da einfach nur ein großer grauer Hof mit ein paar Bäumen vor ihm. Harry schluckte. Kein sonderlich schöner Anblick. Wo waren all die bunten Farben, die er so liebte? Der Zirkus war sein Zuhause. Und so abenteuerlustig er auch war, so sehr vermisste er doch seine Freunde, Anna, Saphira und das ganze Drumherum. Er hoffte, dass sie bald einen Weg zurück fanden.

»Was macht ihr zwei überhaupt hier?«, fragte Herkules. »Warum flitzt ihr nicht draußen rum, wie jedes andere normale Tier es tun würde?«

»Tja«, sagte Harry. »Das ist eine gute Frage. Und vielleicht kannst du uns da weiterhelfen.«

Der Mäuseschreck

Nachdem Harry dem Meerschweinchen erklärt hatte, was passiert war, schüttelte es nur ungläubig den Kopf. »Also, in dieser Klasse wird wirklich viel gelesen. Das seht ihr ja an den zahlreichen Büchern im Regal. Aber dass irgendwer oder irgendwas aus dem Buch gefallen ist, habe ich noch nie erlebt. Höchstens mal ein Lesezeichen.« Er kicherte.

Harry zuckte mit den Schultern. »Wir können es uns selbst nicht erklären. Jedenfalls müssen wir jetzt überlegen, wie wir wieder zurückkommen.«

»Hmmm«, machte Herkules, und mitten in dieses »Hm« hinein mischte sich ein lautes: »Haaaaaalloooo, Anna! Hier spricht Geeeeerda!«

Harry und Herkules blickten über die Schrankkante und sahen Gerda, die auf dem aufgeklappten Buch stand und ihren Kopf ganz dicht zu den Seiten hinunterbeugte.

»Ich glaube nicht, dass …«, fing Harry an, doch Gerda fiel ihm ins Wort. »Psst!«, raunte sie. »Leise! Sonst verstehe ich die Antwort nicht.«

Harry und Herkules standen eine Weile mucksmeerschweinchenstill da, aber es passierte nichts. »Die können dich nicht hören«, meinte Harry schließlich.

»Ich verstehe das nicht!«, sagte Gerda. »Was sollen wir denn jetzt machen?«

»Ich hätte da vielleicht eine Idee«, murmelte Herkules und sah Harry über seinen Brillenrand hinweg an.

»Ja? Bitte verrate sie uns«, flehte Gerda mit sehnsuchtsvollem Blick Richtung Schrank. »Weißt du, in zwei Tagen ist die Premiere unserer neuen Show, da haben Harry und ich einen sehr wichtigen Auftritt. Wir können Anna nicht hängen lassen.«

»Meine Idee ist ziemlich gefährlich«, verkündete Herkules. »Mit etwas Scharfsinn können wir es aber trotzdem schaffen. Alles, was wir brauchen, ist ein ausgeklügelter Plan.«

Gerdas Kopf zog sich halb in ihren Panzer zurück.

»Ähm, also, na ja«, stammelte sie. »Was genau meinst du mit *gefährlich*? Ich würde ungern in einen reißenden Fluss springen oder mit einem gefährlichen Tier in Kontakt treten wollen.«

»Katze«, sagte das Meerschweinchen, und allein das Wort versetzte Gerda erneut in Panik.

»Katze, sagst du? Was heißt das, *Katze*?«, rief sie aufgeregt.

»Du weißt nicht, was eine Katze ist?«, erwiderte Herkules. »Nun, es handelt sich um ein Säugetier, das ursprünglich von den Wildkatzen abstammt. Zu den Wildkatzen zählen …«

»Ich glaube, Gerda weiß, was eine Katze ist«, unterbrach Harry ihn. Waren alle Meerschweinchen solche Schlauwuschel?

»Na gut«, sagte Herkules und tippte gegen die Fensterscheibe. »Siehst du, da drüben?«, fragte er den Hamster. »Dort im Schatten unter dem Baum?«

»Ja«, sagte Harry und spürte ein leichtes Zittern in den Barthaaren. »Das ist eine Katze. Eine ziemlich große sogar.« Im Zirkus gab es keine Katzen, aber hier schienen sie weit verbreitet zu sein. Schon bei seinem letzten Abenteuer war er so einem Tier begegnet. Ganz geheuer waren sie ihm nicht.

»Uahhhh«, machte Gerda. »Kommt sie zu uns rein?«

»Ich will es nicht hoffen«, sagte Harry. »Aber sie scheint zu schlafen.«

»Es handelt sich hierbei nicht um irgendeine Katze«, erklärte Herkules. »Das ist Griselda, die Katze des Hausmeisters. Zwei Sachen müsst ihr über sie wissen. Erstens: Sie ist schon sehr alt und weise. Das heißt, sie hat schon viel erlebt und vielleicht Erfahrung mit einem Fall wie eurem. Wenn jemand eine Idee haben könnte, dann sie. Zweitens: Sie ist unheimlich gefährlich. Faucht und fährt ihre Krallen aus. Zumindest, wenn sie schlechte Laune hat.«

Gerda jaulte laut auf. »Meine Nerven!«, rief sie.

»Kennst du diese Katze denn näher?«, fragte Harry das Meerschweinchen. »Also, würdest du mitkommen, wenn wir zu ihr gehen?«

»Wird wohl das Beste sein«, murmelte Herkules. »Ich werde euch ja nicht einfach ins Unglück rennen lassen.«

Puh, dachte Harry. Das klang nicht sonderlich ermutigend. »Ich bleibe hier!«, rief Gerda entschlossen. »Passe auf das Buch auf. Vielleicht kommt noch jemand anderes herausgepurzelt – Hoppi oder Moppi oder Franz! Die wissen ja gar nicht, was los ist. Dann bin ich zumindest schon mal da, so als vertrautes Gesicht.«

»Gute Idee«, sagte Harry. »Herkules und ich werden die Sache mit vollem Nager-Einsatz angehen. Pfote drauf?« Er streckte dem Meerschweinchen die Pfote hin und es schlug ein.

»Na, dann machen wir uns mal auf den Weg«, sagte Herkules, und ehe Harry sichs versah, sprang das Meerschweinchen an die Gardine, schaukelte zu einem der Tische, hüpfte von dort auf einen Stuhl und vom Stuhl auf den Boden. Harry blieb vor Staunen der Mund offen stehen. »Bist du etwa auch Artist?«

Herkules schüttelte den Kopf. »Das ist das einzige Kunststück, das ich beherrsche. Aber das reicht mir auch.«

»Verstehe«, sagte Harry. Hinter dem Käfig entdeckte er ein langes Lineal, das ihn sofort auf eine Idee brachte. Er legte das eine Ende auf den Schrank und positionierte das andere auf der Stuhllehne. Er setzte sich auf den Po und schlitterte auf den Stuhl, von dem aus er mit einem doppelten Rückwärtssalto auf den Boden sprang.

»Beeindruckend«, sagte Herkules mit großen Augen. »Den Trick mit dem Lineal merke ich mir. Falls mir mal mehr nach Rutschen als nach Schaukeln ist.« Er ging auf Gerda zu und deutete auf ihren Panzer. »Ist der nicht irre schwer?«

»Ach, so schlimm ist es nicht«, sagte sie. Herkules machte noch einen Schritt auf sie zu. »Darf ich den mal anfassen?«

»Klar«, sagte Gerda. »Ich mag es, wenn jemand meinen Panzer streichelt. Das kribbelt immer so schön.«

Vorsichtig streckte Herkules eine Pfote aus. »Interessant«, sagte er. »Nicht nur das Material, sondern auch die Musterung.«

»Freut mich, wenn ich dir gefalle«, sagte Gerda mit einem Lächeln. »Es hat auch Vorteile, kein Fell zu haben. Um meine Frisur muss ich mir jedenfalls keine Sorgen machen.«

Harry war froh, dass sie sich offenbar ein kleines bisschen entspannt hatte. »Können wir dich kurz allein lassen?«, fragte er.

»Ich bitte darum«, antwortete Gerda. »Alles ist besser, als einer Katze zu begegnen. Ich wünsche euch viel Glück.« Sie hob warnend einen Vorderfuß. »Pass auf dich auf, Harry. Und hör bitte auf Herkules, ja? Der kennt sich hier aus!«

»Natürlich«, versicherte Harry. Er wusste selbst, dass

es ziemlich leichtsinnig gewesen wäre, sich hier allein herumzutreiben. Alles war riesengroß und unberechenbar. Da war es nicht schlecht, jemanden dabeizuhaben, der ein bisschen Ahnung von dem Ganzen hatte. Harry folgte dem Meerschweinchen, das schon Richtung Klassenzimmertür getrottet war. »Bis gleich, Gerda!« Er winkte ihr zu und sie winkte zurück.

»Wir müssen dort entlang.« Herkules deutete auf die Holzleiste, die einmal um das ganze Klassenzimmer herum verlief. Harry fragte sich, wie sie von dort nach draußen auf den Schulhof kommen sollten, doch Herkules schien einen Plan zu haben. Irgendwann blieb er stehen und ruckelte an der Leiste herum, bis sie sich löste. Dahinter kam ein Loch in der Wand zum Vorschein.

»Und da passt du rein?«, entfuhr es Harry. Es wirkte eher wie ein Mauseloch, durch das Harry problemlos durchkommen würde, aber ein Meerschweinchen?

»Das geht schon«, antwortete Herkules. »Bin ja schließlich nicht das erste Mal hier.« *Schwups*, war er verschwunden. »Bitte zieh die Leiste wieder vor das Loch, wenn du reingekommen bist«, rief Herkules aus der Dunkelheit.

Zögernd kroch Harry vorwärts. Ein leicht modriger

Geruch schlug ihm entgegen – nicht sonderlich einladend. Aber davon sollte sich ein Zirkushamster nicht abschrecken lassen. Er krabbelte in das Loch, drehte sich um und zog die Leiste wieder vor. Jetzt war es stockduster.

»Du brauchst keine Angst zu haben«, sagte Herkules. »Es ist nur ein kleines Stück so dunkel, bleib mir einfach dicht auf den Fersen.«

Harrys Herzschlag beschleunigte sich. Ganz geheuer war ihm das nicht. Er war doch ein Scheinwerfertier! Diese Dunkelheit gefiel ihm überhaupt nicht.

»Ich kenne mich hier bestens aus«, sagte Herkules. »Vertrau mir einfach.«

»Wie lange lebst du denn schon in dieser Schule?«, fragte Harry. Vielleicht würde ihn das Reden von seinem Unbehagen ablenken.

»Ach, schon ein Weilchen«, sagte er. »Ich habe einige Klassen kommen und gehen sehen … Im Sommer wird

immer gewechselt, musst du wissen. Da kriegt man so einiges mit!«

»Das ist doch bestimmt total spannend, oder nicht?«, fragte Harry.

»Da hast du recht«, antwortete Herkules. »Ich bin äußerst gerne Schulmeerschweinchen. Nirgendwo sonst würde ich so viel Wissen auf dem Salatblatt präsentiert bekommen. Ich kann lesen, rechnen, schreiben, kenne unzählige Lieder, weiß alles über Pflanzen, kann dir erklären, was eine Primzahl ist …«

»Ähm, ja«, fiel Harry ihm ins Wort. »Ich kann es mir vorstellen.« Das Meerschweinchen musste wirklich sehr, sehr schlau sein.

»Am meisten Spaß macht es mir aber, die Kinder zu beobachten«, fuhr Herkules fort. »Wer ist mit wem befreundet, wer ist vorlaut und wer ist schüchtern, wer hat es leicht und wem fällt es eher schwer? Und es gibt immer das eine oder andere Sorgenkind, auf das ich ein besonderes Auge habe.« Er tippte gegen seine Brille.

»Das glaube ich«, meinte Harry.

»In diesem Jahr ist es der arme Linus«, erklärte Herkules. »Den habt ihr ja schon kennengelernt.«

»Was ist denn mit ihm?«, fragte Harry. Er fand es

höchst interessant, etwas über die Menschen hier zu erfahren. Inzwischen machte ihm die Dunkelheit auch nichts mehr aus.

Herkules seufzte. »Seine Eltern sind gerade erst hierhergezogen. Er ist also noch neu in der Klasse. Allerdings ist er sehr schüchtern. Hat noch keinen Anschluss gefunden und steht oft allein da. Ich überlege schon die ganze Zeit, wie ich ihm helfen könnte.«

Harry schluckte. Das klang ziemlich traurig. Er erinnerte sich noch genau an seinen ersten Tag im Zirkus und wie aufgeregt er gewesen war. Zum Glück war er sehr freundlich begrüßt worden! Gerda hatte ihm gleich alles gezeigt und Hoppi und Moppi hatten ihn mit irgendeinem Quatsch zum Lachen gebracht.

»Gehst du denn häufiger hier spazieren?«, fragte Harry. Er wollte so viel wie möglich über diese Welt erfahren.

Das Meerschweinchen seufzte. »Ich muss immer darauf hoffen, dass mich jemand aus dem Käfig lässt oder ein Kind die Käfigtür nicht richtig schließt. Aber mir reicht dann auch eine Runde durchs Klassenzimmer. Außerhalb kriegt man oft Ärger mit der Katze oder mit den …«

»Halt, stehen bleiben!«, rief da eine Stimme, die Harry

zusammenzucken ließ. Ein heller Lichtstrahl blendete ihn. Er duckte sich hinter Herkules weg, denn das hier war jetzt wirklich unheimlich.

»Keinen Schritt weiter«, sagte die Stimme mit drohendem Unterton. »Sonst …«

»Mensch, Ronny, lass uns zufrieden«, sagte Herkules, und Harry hatte das Gefühl, dass die Stimme des Meerschweinchens ein klein wenig zitterte. »Wir wollen einfach nur hier langgehen.«

»Wer ist das?«, flüsterte Harry.

Herkules drehte sich zu ihm um. »Mäuse. Wir sollten vorsichtig sein …«

»Wen hast du da bei dir?«, fragte eine andere Stimme.

»Einen Hamster«, antwortete Herkules.

»Hahaha, ein Hamster! Wie niedlich«, sagte eine dritte Stimme. »Was hat der hier zu suchen? Will der vielleicht welche von uns auf den Pelz kriegen?«

Das war ja wohl die Spitze des Zirkuszelts! Eine Unverschämtheit! Harry gab seine Deckung auf und quetschte sich am Meerschweinchen vorbei. Was waren das für gemeine Wesen? Und warum waren sie so angriffslustig? Er hatte ihnen doch gar nichts getan!

»Ich bin nicht niedlich!«, rief Harry und spannte die Muskeln in seinen Vorderbeinen an. »Ich bin stark!«

»Psst«, machte Herkules und zupfte Harry am Fell. »Komm ihnen lieber nicht mit deinen Muckis. Die sind viel stärker als wir, glaub mir. Besser ist es, sie mit einer kleinen List auszutricksen.«

»Was für eine List?«, zischte Harry.

»Behaupte einfach, du kannst Karate!«, wisperte Herkules.

Karate? Davon hatte Harry in seinem ganzen Hamsterleben noch nichts gehört.

»Komm doch her, wenn du so stark bist!«, rief eine der Mäuse, und Harry wusste nicht, was er jetzt tun sollte. Am liebsten wäre er auf die Mäuse zugesprungen, um ihnen zu zeigen, was er draufhatte. Aber dann dachte er an Gerdas Worte und daran, dass er besser auf Herkules hören sollte.

»Ich …«, begann Harry, drehte sich aber noch einmal zu Herkules um und fragte: »Was soll denn das sein, Karate?«

Das Meerschweinchen machte ein paar ruckartige Bewegungen mit den Pfoten. »Eine Kampfsportart. Aber das wissen die Mäuse auch nicht so genau, deshalb denk dir was aus!«

Harry strich sich über sein Brustfell und verkündete: »Ich kann Karate!«

»Uhhhh«, raunten die Mäuse.

»Mach einfach irgendwas«, flüsterte Herkules. »Hauptsache, es sieht ein bisschen gefährlich aus.«

Ganz geheuer war Harry diese Sache nicht. Ob sich die Mäuse von so etwas beeindrucken ließen? Sollte er nicht lieber ein paar Saltos schlagen und so den Weg frei machen?

»Los!«, raunte Herkules, als Ronny einen Schritt auf sie zumachte.

Blitzschnell sprang Harry aus dem Stand in die Luft, streckte dabei sein rechtes Hinterbein nach vorne und rief: »Heyho!«

Das rief Zirkusmädchen Anna auch manchmal, wenn sie die Tiere anfeuern wollte. Harry fand, dass dieser Ausruf zu Karate passen könnte.
Und tatsächlich, die Mäuse wichen ein Stück zurück. »Okay, okay«, sagte Ronny. »Wir wollen ja keinen Ärger mit euch.«

Harry konnte nicht glauben, dass seine kleine Einlage die Mäuse beeindruckt hatte, und sprang zur Sicherheit gleich noch mal hoch. Diesmal rief er »Yeah« dazu.

»Ich glaube, das reicht«, murmelte Herkules und schob ihn an den Mäusen vorbei vorwärts.

»Aber die Reste in der Mensa gehören uns«, zischte Ronny ihnen noch hinterher, doch Harry und Herkules erwiderten nichts mehr.

»Puh, das ist ja gerade noch mal gut gegangen«, meinte Harry, als sie außer Hörweite waren.

»Das kann man wohl sagen«, antwortete Herkules. »Ich bin echt froh, dass unser kleiner Trick funktioniert hat. Manchmal kommt man mit Grips einfach weiter.« Er klatschte freudig in die Pfoten. »Aber du hast auch wirklich gut mitgemacht. Und das, obwohl du nicht mal weißt, was Karate ist.«

»Das kannst du mir nachher ja noch mal genauer erklären«, sagte Harry lachend.

Die Katze weiß Rat

Als sie durch ein anderes Loch wieder nach draußen krochen, musste Harry erst mal die Augen zusammenkneifen, weil es so hell war. Dann sah er sich um. Ach du heiliges Salatblatt! Ein dichter Wald aus Tisch- und Stuhlbeinen lag vor ihnen, doch Herkules schien genau zu wissen, wo sie langlaufen mussten.

»Warte mal!«, sagte Harry und reckte seine Nase in die Luft. »Gibt es hier … Ich meine, es riecht so nach … Futter?« Erst jetzt wurde ihm bewusst, dass er seit Ewigkeiten nichts gefressen hatte.

»Ja«, bestätigte Herkules. »Wir sind in der Mensa, da können die Schüler mittagessen. In der Küche nebenan wird gekocht. Aber auch viel weggeworfen. Leckerstes

Gemüsegrün, Obststückchen oder aber Reste von den Tellern der Kinder. Nudeln und so etwas.«

Harry riss die Augen auf. »Wohin werfen die das?«, fragte er. »Wir müssen sofort dorthin!«

Herkules deutete auf eine geöffnete Tür. »Da stehen verschiedene Eimer, in die sie alles schmeißen. Der große ist am interessantesten, aber der ist zu hoch für mich.« Er seufzte. »Ich muss immer hoffen, dass mal etwas daneben landet. Und selbst dann sind die Mäuse meist schneller da.«

Er lief in einen Raum mit riesigen silbernen Schränken, wie Harry sie noch nie irgendwo gesehen hatte. Sofort stach ihm der große Eimer ins Auge, aus dem welke Salatblätter und Apfelschalen hervorschauten. Harry lief das Wasser in den Hamsterbacken zusammen.

»Das ist doch ein Klacks«, sagte er zu Herkules und schob ihn ein Stück näher an den Eimer heran. »Stell dich einfach auf die Hinterfüße und mach eine Räuberleiter. Also so!« Harry zeigte dem Meerschweinchen, wie er seine Pfoten verschränken sollte. »Ich klettere auf die Räuberleiter und du gibst mir Schwung nach oben. Dann angle ich uns etwas heraus. Kriegst du das hin?«

Herkules nickte begeistert. »Na klar! Es ist doch

nicht schlecht, einen Zirkushamster an seiner Seite zu haben«, sagte er.

»Danke«, sagte Harry. »Aber ohne so ein kluges Schulmeerschweinchen wäre ich hier aufgeschmissen.«

»Dann sind wir ein gutes Team«, sagte Herkules zufrieden. Und dem konnte Harry nur zustimmen.

Nachdem sie sich den Bauch vollgeschlagen hatten, fühlte sich Harry einfach nur glücklich – in diesem Abfalleimer waren echt leckere Sachen gewesen. »Jetzt sollten wir aber wirklich mal zu deiner Katzenbekanntschaft gehen«, meinte er. »Gerda kriegt die Krise, wenn wir noch länger wegbleiben.« Es tat Harry leid, dass er in aller Hamsterruhe die köstlichsten Dinge gefressen hatte, während seine Freundin im Klassenzimmer wartete und verzweifelt darauf hoffte, endlich wieder in den Zirkus zu können. Aber er hatte sich ein paar

Stängel Rucola um den Bauch gebunden, die er Gerda später überreichen wollte. Rucola war ihr Lieblingssalat, und er wusste, dass sie sich riesig darüber freuen würde.

»Ja, gleich«, sagte Herkules und stopfte sich noch ein paar herumkullernde Erbsen ins Maul. »Steht dir übrigens ausgezeichnet, dein grünes Röckchen.« Er spazierte zu einem der silbernen Schränke und betrachtete sich darin wie in einem Spiegel.

Harry hatte das Gefühl, Herkules trödelte absichtlich etwas herum. »Kann es sein, dass du Griselda gar nicht treffen willst?«, fragte er.

»Doch, doch«, sagte Herkules. »Aber vielleicht nicht unbedingt sofort. Wir sollten uns noch einen Notfallplan überlegen, falls sie angriffslustig ist. Ablenkung ist das A und O. Ich schlage vor, wir halten sie mit einem Rätsel in Schach. Sie liebt Rätsel und das hat in der Vergangenheit auch schon häufiger funktioniert. Oder …« Er blickte sich suchend um. »… wir finden noch etwas zu fressen, was sie mag.« Er lief einmal um alle Mülleimer herum und kam stolz mit einer Kette aus Würstchen zurück.

Harry verzog das Gesicht. »Na ja«, sagte er. »Im Notfall kann ich ja auch immer noch Karate.«

»Stimmt«, antwortete Herkules und lachte. »Ich

denke, besser können wir uns nicht wappnen. Wir haben einen Wurstzipfel, du gehst in Gedanken noch mal deine Karateübungen durch und ich überlege mir ein Rätsel. Dann sind wir gut vorbereitet. Pfote drauf.«

Er streckte seine Pfote aus und Harry schlug ein, dann liefen sie durch den Tisch- und Stuhlbeinwald zu einer quadratischen, durchsichtigen Luke. »Griseldas Katzenklappe«, erklärte Herkules. »Damit sie immer rein- und rauskann. Die darf sich frei in der ganzen Schule bewegen. Und ich Armer muss in einem Käfig hocken. Dabei bin ich viel harmloser als diese Katze!«

Harry konnte verstehen, dass Herkules das ärgerte. Sie krochen durch die Klappe und standen nun auf dem riesigen Schulhof. »Und jetzt?«, meinte Harry, doch diese Frage beantwortete sich von selbst. Die Katze, die vorhin noch harmlos im Schatten unter dem Baum gelegen hatte, jagte wie eine Verrückte einem Vogel hinterher. »Gleich hab ich dich!«, zischte sie, während der kleine Spatz tschilpte: »Bitte nicht!« Er schlug aufgeregt mit den Flügeln, schien aber irgendwie nicht von der Stelle zu kommen. Harry stand wie angewurzelt da und konnte nicht fassen, was er gerade sah. Die Katze fauchte und schlug mit der Tatze nach dem Vogel. Im letzten Moment flatterte der hoch und setzte sich auf einen Ast. Doch auch dort hatte er keine Ruhe vor Griselda, die in Windeseile den Stamm hinaufhechtete. »Du sollst verschwinden, habe ich gesagt!«

»Ist ja schon gut, ist ja schon gut«, zwitscherte der Spatz ängstlich. »Ich wollte mich hier eigentlich mit meiner Freundin treffen, aber wenn du …«

»Dein Gezwitscher hat mich aus dem Mittagsschlaf geweckt!«, fuhr die Katze ihn an. »Und der ist mir heilig! Da verstehe ich überhaupt keinen Spaß.«

»Ich tue es nie wieder, versprochen«, sagte der Vogel, und Harry hatte allergrößtes Mitleid. Er konnte sich genau vorstellen, wie der kleine Kerl sich fühlte.

»Ich glaube, heute ist kein guter Tag, um Griselda um Hilfe zu bitten«, flüsterte Herkules. »Wir werden sicher irgendeinen anderen Weg zurück in euer Buch finden.«

Harry hatte zwar überhaupt keine Lust, Ärger mit dieser Katze zu bekommen, aber so schnell aufgeben wollte er auch nicht. »Meinst du nicht, dass sie sich gleich wieder beruhigt hat?«, fragte Harry. »Außerdem haben wir doch unseren Notfallplan!«

Herkules schloss die Augen und atmete tief ein und aus. »Also gut«, sagte er entschlossen.

Harry sah, dass der arme Vogel inzwischen das Weite gesucht hatte – zum Glück schien er ohne Verletzungen davongekommen zu sein. Die Katze tappte in aller Seelenruhe wieder zum Baum und legte sich zurück auf ihr schattiges Plätzchen. »Wenn, dann sollten wir jetzt gleich mit ihr sprechen«, sagte Herkules. »Sie ist immerhin wach und hat sich schon an dem armen Vogel abreagiert.« Er marschierte los.

»Äh, warte auf mich!«, sagte Harry und folgte ihm.

»Griselda«, säuselte Herkules, und Harry musste zugeben, dass er jetzt ganz schön Herzklopfen hatte. Die Katze lag auf der Seite mit dem Rücken zu ihnen und reagierte nicht. Offenbar war sie schon wieder eingeschlafen. Harry wollte sich das Donnerwetter, das sie erwartete, gar nicht ausmalen. Herkules schlich allerdings um die Katze herum und stellte sich vor ihr Gesicht. »Werte Griselda«, sagte er höflich und verbeugte sich. Harry musste seinen Kopf recken, um etwas zu erkennen, aber er hielt es für schlauer, sich erst mal im Hintergrund zu halten.

»Habe ich nicht gesagt, dass ich nicht gestört werden möchte?«, brüllte die Katze. Mit einem Satz war sie auf den Beinen und baute sich bedrohlich über dem Meerschweinchen auf. Harry zuckte zusammen, doch Herkules wich nur einen kleinen Schritt zurück. Woher nahm er plötzlich diesen Mut? »Ich hab dir was mitgebracht«, sagte Herkules und hielt Griselda die Würstchenkette vor die Nase.

Schnapp!

Mit einem Happs waren die kleinen Würstchen im Maul der Katze verschwunden. »Soll das ein Witz sein?«, knurrte sie. »Glaubst du, von so einem bisschen werde ich satt?«

»N-nein, n-natürlich n-nicht!«, stammelte Herkules. »Das war nur ein kleines Appetithäppchen. Ich habe noch viel mehr Würste entdeckt. Ich habe sie für dich versteckt, in der Küche!«

»Und das soll ich dir glauben?«, fragte Griselda skeptisch. Harry war sich ziemlich sicher, dass Herkules log – er hätte es schließlich mitbekommen, wenn das

Meerschweinchen irgendwo Würstchen gebunkert hatte. Das hatte ja wirklich Nerven!

»Ich verrate dir, wo ich sie hingelegt habe, wenn du uns hilfst«, fuhr Herkules fort.

»Uns?«, fragte Griselda. »Wer ist uns?«

Harrys Herzschlag beschleunigte sich, als Herkules in seine Richtung deutete.

Griselda schoss herum und fauchte: »Eine Maus? Ich soll einer Maus helfen?«

»Griselda!«, rief Herkules schnell. »Was ist braun, gesund und hat schlechte Laune?«

Die Katze drehte sich verdutzt zu ihm um. Harry atmete erleichtert aus und war froh, dass der Trick mit der Ablenkung zu funktionieren schien. Vorsichtshalber konzentrierte er sich schon mal auf seine Karateübungen, solange Griselda über die Antwort auf die Frage nachdachte.

»Ich weiß es nicht«, rief die Katze schließlich. Dann wandte sie sich wieder an Harry. Ihr Kopf schnellte auf ihn zu und sie starrte ihn aus nächster Nähe mit ihren riesigen grünen Augen an. »Kennst du die Antwort, Maus?«

Harry schüttelte den Kopf. Dann konzentrierte er sich, streckte die Brust durch und verkündete: »Aber ich kann Karate!« Er fuchtelte einmal mit den Pfoten, doch Griselda schien das nicht zu beeindrucken.

»Ähm«, rief Herkules aus der anderen Richtung. »Die Lösung des Rätsels lautet Schmollkornbrot!« Er kicherte, wobei das in Harrys Hamsterohren ein klein wenig gekünstelt klang. Und dann passierte etwas, mit dem er überhaupt nicht gerechnet hatte: Griselda fing an zu lachen. Sie lachte so sehr, dass ihre Schnurrhaare bebten. »Miau! Ein hervorragendes Rätsel!«, gluckste sie. »Das kannte ich noch nicht.« Harry sah, dass Herkules ihm durch seine Brille zuzwinkerte. Hatten sie es wirklich geschafft? War ihr Plan aufgegangen?

Nachdem sie aufgehört hatte zu lachen, setzte sie sich hin und sah Harry und Herkules an. »Nun«, meinte sie. »Warum seid ihr hier?«

Herkules holte tief Luft und dann erzählte er der Katze die ganze Geschichte. Wie er Harry und Gerda kennengelernt hatte. Dass die beiden aus einem Buch gefallen waren. Und dass sie nicht wussten, wie sie wieder zurückkommen sollten. Als er fertig war, herrschte erst mal Stille. Griselda schien nachzudenken.

»So, so«, sagte sie schließlich. »Interessant. Und ihr glaubt, dass ich euch helfen kann?«

Herkules nickte eifrig. »Du hast mir schon öfter aus

der Klemme geholfen. Weil du eine so erfahrene und weise Katze bist.«

Griselda fing an zu schnurren. »Da könnt ihr aber froh sein, dass ihr mich kennt! Na los, ich schaue mir dieses Buch mal an. Und dann möchte ich meine Würstchen haben.«

Herkules lachte unsicher. »Wenn in der Zwischenzeit kein anderes Tier sie gefunden und aufgefressen hat.«

Von diesem Meerschweinchen konnte Harry noch einiges lernen, da war er sich sicher.

Griseldas Geistesblitz

Jetzt bin ich aber wirklich mal gespannt«, sagte Griselda, als sie das Klassenzimmer erreicht hatten. Da die Katze alle Türen öffnen konnte, waren ihnen der Weg durch die Mauergänge und eine weitere Begegnung mit den Mäusen glücklicherweise erspart geblieben.

Das Buch stand noch immer dort, wo Gerda es zuletzt positioniert hatte. Von ihr selbst jedoch war nichts zu sehen.

»Gerda!«, rief Harry. »Wir sind wieder da! Wo steckst du denn?«

Keine Antwort.

»Vielleicht schläft sie?«, orakelte Herkules. »Haben

Schildkröten nicht ein ausgeprägtes Schlafbedürfnis? Ich meine, so etwas schon einmal gehört zu haben.«

»Nicht dass ich wüsste«, sagte Harry. Dafür schoss ihm aber plötzlich ein anderer Gedanke durch den Kopf. »Zum Hamster noch mal! Was, wenn sie einen Weg zurück ins Buch gefunden hat?«

»Na, das wäre ja eine schöne Freundin, dich hier einfach so zurückzulassen«, bemerkte die Katze.

»Geeeeerda!«, rief Harry noch einmal. »Ich habe dir etwas mitgebracht! Deinen Lieblingssalat!« Er lauschte in die Stille, doch es war nichts zu hören – kein Rascheln, kein Schnaufen und kein Schlurfen.

»Ihr könnt euch ja schon mal mit dem Buch befassen«, sagte er zu Griselda und Herkules. »Ich gehe sie suchen.«

Ob Gerda wirklich zurück ins Buch gesprungen war? Sie würde für kein Salatblatt der Welt die Premiere der neuen Show sausen lassen, so viel war klar. Aber dass sie ihn allein hier zurückließ, passte auch nicht zu ihr. Er sah hinter dem Blumentopf nach und schob mit der Nase den Papierkorb beiseite. Sein Blick wanderte durch den Raum, aber Gerda war wie vom Erdboden verschluckt. Harrys Hamsterherz wurde schwer. Dann fiel ihm auf, dass er noch nicht unter dem Sofa nachgeschaut hatte, und schlich sich vorsichtig an. Als er drunterlugte, bekam er erst einen Schreck. Ronny und die beiden anderen Mäuse standen mit finsteren Mienen um Gerda herum. Die hatte sich glücklicherweise in ihren Panzer zurückgezogen und sagte keinen Mucks. Harry spürte Wut in sich aufsteigen. Er räusperte sich.

»Ach du heiliger Käse, der Karate-Hamster!«, zischte Ronny und hielt sich schützend die Pfoten vors Gesicht. »Jetzt hat er auch noch einen Karate-Gürtel um.«

»Yeah!«, machte Harry, und eine der anderen beiden Mäuse zuckte zusammen. »Was wollt ihr von meiner Freundin?«, fragte Harry mit seiner tiefsten Stimme.

»Die haben mich geärgert«, kam es aus dem Inneren des Panzers.

»Ach ja?«, fragte Harry. »Und warum? Weil ihr zu dritt seid und Gerda allein?«

Die Mäuse sahen ihn mit Unschuldsmienen an.

»Sie wollten wissen, woher wir kommen und ob ich auch Karate kann. Dieser Ronny hat verlangt, dass ich es ihnen beibringe, und als ich gesagt habe, dass ich es nicht kann, hat er mich angeschrien.«

»Ach, weißt du«, sagte Harry gelassen, obwohl ihm vor lauter Zorn das Fell zu Berge stand, »ich denke, dieses Problem kann Griselda für uns regeln.«

»G-G-Griselda?«, stotterte Ronny und riss vor Schreck die Augen auf. Als er bemerkte, dass die beiden anderen Mäuse längst das Weite gesucht hatten, drehte er sich um und raste in Blitzgeschwindigkeit davon.

»Kannst rauskommen, Gerda«, sagte Harry. »Die sehen wir so schnell nicht wieder.«

»Was ist mit der Katze?«, erkundigte sich seine Freundin und schob ihren Kopf nur ein paar Millimeter hervor. »Ist die nicht noch tausendmal gefährlicher als die Mäuse?«

Harry zuckte mit den Schultern. »Man kann sie ganz gut mit Rätseln bei Laune halten.« Er knotete die Rucolastängel ab und hielt sie Gerda vor die Nase. »Hier, für dich!«

Sie roch erst einmal genüsslich daran, dann seufzte sie selig und schnappte zu. »Danke, Harry, du bist ein wahrer Freund.«

Plötzlich war ein lautes Ratschen zu hören. »Was war das?«, fragte Gerda, reckte ihren Hals und versuchte, etwas zu erkennen. Harry drehte sich um und sah, dass die Katze mit dem Buch kämpfte. Sie hatte den hinteren Buchdeckel im Maul und schleuderte das Buch von links nach rechts und von oben nach unten.

»Halt, halt, halt!«, rief er. »Du machst es noch kaputt! So kommen wir nie zurück!«

»Gerade ist schon eine Seite gerissen«, erklärte Herkules. »Die können wir sicherlich kleben.« Er deutete auf eines der Regale. »Ich weiß, wo das Bastelzeug liegt.«

Das gefiel Harry gar nicht. »Vielleicht musst du ihr noch ein Rätsel stellen, um sie abzulenken«, sagte er zum Meerschweinchen.

Bei »Rätsel« wurde Griselda hellhörig. Sie hielt kurz inne, schleuderte das Buch ein letztes Mal herum und ließ es schließlich auf den Boden knallen.

»Ich glaube, da ist nichts zu machen«, sagte sie atemlos. »Ich hatte gehofft, dass durch das Schütteln vielleicht noch jemand rausfällt, der euch weiterhelfen kann, aber es passiert einfach nichts.«

»Komm, wir gehen mal zu ihr«, raunte Harry Gerda zu.

»Besonders friedlich wirkt diese Katze ehrlich gesagt nicht auf mich«, murmelte Gerda, folgte Harry jedoch trotzdem.

»Du bist also die Schildkröte«, schnurrte Griselda, als sie sie erreicht hatten. »Ehrlich gesagt habe ich noch nie eine gesehen. Du wirkst sehr interessant. Ist dieser harte Panzer nicht total unpraktisch?«

»Ähm … nein«, gab Gerda zurück. »Im Gegenteil. Er ist äußerst praktisch, weil er mich vor Gefahren beschützt.«

»Dafür habe ich meine Krallen«, erwiderte Griselda lachend, und Harry hoffte, dass sie sie nicht ausfahren würde.

»Leider hatte Griselda bisher auch noch keine Idee, wie ihr zurückkommt«, berichtete Herkules und kratzte sich ausgiebig am Kopf.

Eine Weile starrten alle vier ratlos auf das Buch. »Das gibt es doch nicht, dass wir dieses Rätsel nicht lösen können«, murrte Griselda. »Hamster, dir ist das doch schon einmal passiert, richtig? Also, dass du aus deiner Geschichte geplumpst bist.«

Harry nickte.

»Dann denk noch mal nach. Wie bist du denn damals wieder zurückgekommen?«, fragte Griselda.

Harry hatte natürlich die ganze Zeit schon überlegt, aber er wusste es einfach nicht. »Das hat diese Buchhändlerin gemacht. Sie hat mich mit in ihr Büro genommen, auf das Buch gesetzt und *schwups* war ich wieder im Zirkus. Vielleicht konnte sie zaubern.«

»Also, ich kann vieles«, sagte Griselda, »aber zaubern leider nicht.«

»Schade«, meinte Herkules. Dann wandte er sich an Harry. »Ist irgendetwas Besonderes passiert, als du das letzte Mal hier warst? Vielleicht hat es einen Grund, warum ihr aus dem Buch gefallen seid.«

Harry dachte noch einmal scharf nach. »Hm«, machte er. »Ich habe ein paar Tage bei einem Mädchen namens Clara gewohnt. Ihr habe ich gezeigt, was ich alles kann, und sie war ganz begeistert von meinen Kunststücken.«

»Vielleicht ist es das?«, fragte Griselda. »Vielleicht musst du erst ein paar deiner Kunststücke vorführen, bevor du wieder zurückkannst.«

»Nein, das glaube ich nicht«, erwiderte Harry. »Sonst wäre ich beim letzten Mal ja nicht so lange geblieben.« Er überlegte weiter. »Dann gab es noch einen Talentwettbewerb, bei dem Clara mit mir zusammen auftreten wollte. Aber am Ende hat sie sich doch dagegen entschieden, damit der Vater ihres besten Freundes eine

Chance auf den Sieg hat. Das war echt eine hamsterstarke Aktion von ihr, denn er hatte gerade seinen Job verloren.«

Gerda seufzte. »Das ist ja eine schöne Geschichte. Und hat er am Ende wenigstens gewonnen?«

Harry nickte begeistert. »Ja, hat er. Und dann sind ganz viele Dinge auf einmal passiert und alles hat sich zum Guten gewendet.«

Herkules ruckelte seine Brille zurecht und überlegte. »Dann habt ihr diesem Vater durch euer Verhalten also geholfen!«

Griselda sprang so schnell auf, dass Harry und Gerda erschrocken zurückwichen. »Meerschweinchen!«, rief sie. »Das ist es! Du bist ein Genie.«

Gerda sah Harry fragend an. Er wusste allerdings auch nicht, was die Katze meinte.

Griselda tigerte auf und ab. Sie war plötzlich ganz aufgeregt. »*Geholfen*«, rief sie. »Das ist es! Du bist damals bestimmt aus dem Buch gefallen, um jemandem zu helfen. Und kommst wieder zurück, wenn du das erledigt hast.«

»Meinst du wirklich?«, fragte Herkules.

»Hundertprozentig!«, sagte Griselda.

Je länger Harry darüber nachdachte, desto logischer erschien ihm alles. Clara und ihr bester Freund Leo waren damals die ersten Menschen gewesen, denen er begegnet war. Leo und seinem Vater hatte er schließlich geholfen. Und kurz darauf war Harry tatsächlich wieder im Buch verschwunden. Doch das hieße ja …

»Linus!«, rief Harry jetzt entschlossen. »Dann müssen wir Linus helfen.«

»Hä?«, machte Gerda. »Wie kommst du denn darauf?«

»Weil es beim letzten Mal auch so war«, antwortete Harry. »Ich habe einem der ersten Menschen geholfen, denen ich begegnet bin. Leo. Und heute war das Linus.«

»Meinst du, so einfach geht das?«, fragte Gerda skeptisch. »Vielleicht müssen wir auch dem ersten Tier helfen, dem wir begegnet sind. Und das wäre Herkules.«

Herkules stellte sich auf die Hinterbeine und klatschte in die Vorderpfoten. »Ihr habt mir doch schon geholfen«, rief er. »Indem ihr mich aus dem Käfig gelassen habt. Aber Linus! Linus könnte die Lösung dieses Rätsels sein.« Er nahm seine Brille ab und putzte sie an seinem Fell. »Ich habe dir gerade erst von ihm erzählt ... Er hat es echt schwer, Anschluss in der Klasse zu finden. Ich glaube, er fühlt sich nicht besonders wohl hier.«

Harry dachte an die Szene, in der die Lehrerin dem Jungen nicht geglaubt hatte. Und daran, wie schüchtern er gewesen war, als das andere Kind ihm von seinem Autoreifen erzählt hatte. »Könnte sein«, sagte Harry schließlich. »Aber wie sollen wir ihm helfen?«

»Das ist die große Frage«, verkündete Griselda und schleckte sich mit der Zunge übers Maul. »Die müsst ihr euch allerdings allein beantworten. Ich habe meine Schuldigkeit getan und möchte jetzt meine Würstchen essen!«

Mit erhobenem Kopf schritt sie wie eine Königin zur Klassentür. »Herkules! Kommst du bitte?«

»Ach du heiliges Salatblatt«, flüsterte das Meerschweinchen. »Jetzt muss ich mir dringend etwas einfallen lassen.«

Reisevorbereitungen

Puh«, stöhnte Herkules, als er ohne die Katze zurück ins Klassenzimmer kam. »Da hab ich aber echt Glück gehabt. Unter dem Kühlschrank lagen noch anderthalb Würstchen. Zwar nicht so schön anzusehen, aber Griselda hat sich damit zufriedengegeben.«

»Das war echt eine starke Behauptung von dir«, sagte Harry, der froh war, dass Herkules wieder unbeschadet vor ihm stand.

»Manchmal muss man eben mutig sein«, gab das Meerschweinchen zur Antwort. »Auch wenn ich es eigentlich lieber gemütlich mag!« Dann rieb es sich die Vorderpfoten. »Und, habt ihr euch schon etwas überlegt?«

Gerda kroch wie in Zeitlupe Zentimeter für Zentimeter um Linus' Stuhl herum, als könne sie dadurch etwas über ihn herausfinden. Herkules lachte. »Es geht nichts über eine ordentliche Spurensicherung.«

Gerda blieb stehen und fixierte das Meerschweinchen mit strengem Blick. »Hast du eine bessere Idee?«

Harry fand, sie hatte etwas von einem Hund, als sie kurz darauf mit ihrer Nase über den Boden schnüffelte.

»Wir müssen es schaffen, dass Linus mutiger wird«, sagte Herkules. »Ungefähr so mutig wie wir. Damit er sich traut, auf die anderen zuzugehen. Am Anfang haben sie ihn oft gefragt, ob er mitspielen will, aber er hat immer nur auf den Boden gestarrt und nicht geantwortet. Irgendwann haben sie ihn dann in Ruhe gelassen.«

»Dieses andere Kind ...«, meinte Gerda nachdenklich. »Das vorhin von dem verlorenen Autoreifen erzählt hat ...«

»Hannes«, sagte Herkules und fuhr sich nachdenklich durch die Schnurrhaare. »Ein sehr netter Junge. Hat es schon häufiger bei Linus versucht. Bisher ohne Erfolg. An dieser Stelle könnten wir vielleicht ansetzen.«

Harry verspürte plötzlich diesen inneren Drang, einfach loszurennen. Er flitzte an einem Tischbein hoch, lief über die Tischplatte, glitt am anderen Tischbein wieder hinunter und machte drei Flickflacks hintereinander.

»Wofür war das gerade gut?«, fragte Herkules interessiert.

Harry schüttelte sich. »Das brauche ich zwischendurch manchmal, um meine Gedanken neu zu sortieren. Einmal alles durcheinanderwirbeln und sich wieder ordnen lassen. Manchmal komme ich dabei auf supertolle neue Ideen.«

»Und?« Herkules sah ihn erwartungsvoll durch seine Brille an.

»Ich würde sagen, wir besuchen Linus erst einmal zu Hause«, schlug Harry vor.

»Ginsterweg 7«, kam es wie aus der Pistole geschossen aus Gerdas Richtung. »Steht vorne im Buch. Hab ich gerade gesehen.«

Herkules setzte sich auf die Hinterbeine und verschränkte die Vorderpfoten. »Hm«, machte er. »Das wäre natürlich wieder mit einem gewissen Risiko verbunden. Wie alles, was außerhalb dieses Klassenzimmers stattfindet.«

Harry war ganz angetan von seinem Einfall. Es wäre sicherlich ein sehr spannendes Abenteuer, die Schule zu

verlassen und durch die Stadt zu spazieren. »Vielleicht finden wir etwas heraus«, sagte er. »Ob es einen Grund dafür gibt, dass Linus so schüchtern ist. Ob ihn irgendetwas bedrückt. Einen Versuch wäre es jedenfalls wert, oder was meint ihr?«

»Die Idee ist keineswegs schlecht«, sagte Herkules. »Aber wir müssen uns gut vorbereiten. In der Welt da draußen lauern einige Gefahren.«

»Ach du dicke Möhre!«, rief Gerda. »Das ist nichts für mich!«

»Gerda«, sagte Harry und klopfte ihr auf den Panzer. »Du bist eine Rennschildkröte! Schon vergessen? Wenn irgendwo eine Gefahr lauert, läufst du einfach los! So schnell wie du ist keiner.«

Gerda lächelte. »Meinst du wirklich?«

»Natürlich!«, antwortete Harry. »Oder, Herkules?«

Herkules versuchte gerade, am Stuhlbein hochzuklettern, rutschte jedoch immer wieder ab. »Runter komme ich immer leicht«, erklärte er. »Aber hoch ist es einfach eine Katastrophe. Ich wünschte, ich wäre nur ein kleines bisschen sportlicher.«

Harry klopfte wieder auf Gerdas Panzer. »Komm, wir helfen ihm!«

»Pyramide?«, fragte sie. Harry nickte und kletterte auf ihren Rücken. Dann lief Gerda zum Stuhl.

»Komm hoch zu mir«, sagte Harry zu Herkules und streckte ihm seine Pfote hin.

Das Meerschweinchen betrachtete die Pyramide. »Was hast du denn vor?«

»Dreierpyramide«, sagte Harry und half Herkules auf den Panzer. »Bist du bereit?«, fragte er.

Ehe das Meerschweinchen antworten konnte, hatte Harry ihn schon auf seine Schultern gestemmt. »Uahhhh«, machte Herkules und schwankte hin und her. Doch Harry umfasste seine Hinterpfoten und wuchtete ihn auf den Stuhl.

»Danke!«, rief Herkules. »Einfach genial, eure Tricks.« Seine Brille saß ein wenig schief, aber das schien ihn nicht zu stören. »Den Rest schaffe ich allein.« Er nahm Schwung, sprang auf den Tisch, lief über die Fensterbank, hüpfte von dort vorsichtig auf den nächsten

Tisch, stellte sich auf die Hinterbeine und studierte einen Zettel, der an der Wand hing.

»Was machst du denn da oben?«, fragte Gerda. Harry sprang von ihrem Panzer und stellte sich neben sie.

»Hier hängt der Busfahrplan«, erklärte Herkules. »Ich weiß, dass Linus immer mit der Nummer 12 fährt. Der nächste Bus kommt …« Er drehte sich zur Uhr, die über der Tür hing. »… in zwanzig Minuten. Wenn wir uns beeilen, könnten wir es rechtzeitig zur Haltestelle schaffen.«

»Bus?«, fragte Gerda. »Was soll das sein?«

»Ähm«, machte Herkules. »Also, ein Bus befördert mehrere Leute von einem Ort zum anderen. Ein riesengroßer Kasten mit Rädern dran und Sitzen drin.

Vorne gibt es einen Fahrer, der den Bus lenkt und die Türen öffnet und schließt.«

»Und damit können auch Tiere fahren?«, erkundigte sich Gerda.

Herkules seufzte. »Ich weiß es nicht. Aber was sollte dagegensprechen?«

»Du weißt es nicht?«, fragte Gerda empört. »Meinst du denn, dieser Busfahrer sieht uns überhaupt, wenn wir an dieser Haltestelle stehen? Und falls doch, geht er bestimmt nicht davon aus, dass wir einsteigen wollen!«

»Du hast wohl noch nie was von einer Dreierpyramide gehört, was?«, witzelte Herkules. Er lief über die Fensterbank zurück zum ersten Tisch und dann zum nächsten, sprang mit konzentriertem Blick an die Gardine und schaukelte zum Schrank, auf dem sein Käfig stand. »Ich packe uns etwas Proviant ein.« Er krabbelte in seinen Käfig. »Also, ich hätte Heu, zwei Scheiben Gurke und einen Stängel Dill im Angebot. Mögt ihr das?«

»Na ja«, murrte Gerda. »Vielleicht finden wir unterwegs noch ein bisschen Löwenzahn. Das wäre mir am liebsten.« Sie hielt kurz inne. »Habe ich gerade ›unterwegs‹ gesagt? Eigentlich habe ich nicht vor, mitzukommen. Irgendwer muss doch das Buch bewachen!«

»Nein, nein, nein«, sagte Harry, »auf gar keinen Fall. Ich lasse dich nicht noch mal hier allein. Außerdem wissen wir ja gar nicht, wie lange unser Ausflug dauert. Du kommst mit.«

»Ich will aber nicht«, murrte Gerda.

»Warum denn nicht?«, erkundigte sich Harry. »Mit deinem Panzer kann dir doch nichts passieren.«

»Ich habe Angst«, gab Gerda kleinlaut zu. »Wer weiß denn schon, was uns da draußen alles erwartet? Wir kommen aus einem Buch, in dem die Welt in Ordnung ist. Wir gehen jeden Tag in unser Zirkuszelt und dann wieder zurück in unseren Wohnwagen. Immer dasselbe. Und hier?«

»Ja, ich kann verstehen, dass dir das Angst macht«, sagte Herkules. »Hier gibt es unüberwindbare Pfützen, Scherben am Wegesrand, es kann dunkel werden oder eisig kalt … alles nicht besonders schön.«

»So schlimm wird es schon nicht werden«, meinte Harry. »Wir sind doch zu dritt und können aufeinander aufpassen. Und wenn es dir zu gefährlich wird, rennst du eben rennschildkrötenschnell davon oder verschwindest in deinem Panzer.«

»Außerdem habt ihr ja mich«, fügte Herkules hinzu. »Ich kenne mich mit Menschen echt gut aus.«

Gerda schien eine Weile zu überlegen. »Na gut«, sagte sie schließlich. »Ihr habt recht. Außerdem will ich ja auch zurück ins Buch. Aber damit eins klar ist: Ich trage keinen von euch, wenn er nicht mehr laufen kann.«

»Kein Problem«, rief Herkules, der sich inzwischen seine kleine Tasche mit dem Proviant darin aufgesetzt hatte. »Seid ihr bereit?«

»Das Buch!«, rief Gerda. »Das sollten wir noch in Sicherheit bringen.« Blitzschnell schob sie es mit ihrer Nasenspitze unter das Sofa, doch von dort hörte man nur ein »Ach nein, die Mäuse«. Also kam sie samt Buch wieder hervor und beförderte es in die Ecke mit dem Blumentopf. Harry überlegte, ob die Mäuse wohl etwas mit dem Buch anfangen konnten, aber wahrscheinlich war es wirklich besser, vorsichtig zu sein. Er hoffte sowieso schon die ganze Zeit, dass das Zirkuszelt durch Griseldas Herumschleudern nicht von einem Erdbeben heimgesucht worden war. Wie es Anna, Hoppi, Moppi und Franz wohl ging? Er vermisste seine Zirkusfreunde und wollte wirklich alles versuchen, um einen Weg zurück ins Buch zu finden. Ob ihr Plan aufging, würde sich gleich zeigen. »Na dann: schnurstracks ins Abenteuer!«, sagte er entschlossen und war gespannt, was sie erwarten würde.

Ein hamsterstarker Fund

Als Herkules, Gerda und Harry einige Minuten später vor der Schule standen, hatte der Hamster doch ein mulmiges Gefühl im Bauch. Überall parkten riesige Autos an der Straße, die von meterhohen Bäumen gesäumt war. Er kam sich wirklich winzig klein vor und auch ein wenig verloren.

»Und wo genau ist jetzt diese Bushaltestelle?«, fragte er und sah sich suchend um. Doch er konnte nichts erkennen.

»Das haben wir gleich«, sagte Herkules und drehte sich einmal im Kreis. Dann leckte er seine rechte Vorderpfote an und hielt sie ausgestreckt in die Luft. »Der Wind kommt von dort, also müssen wir da entlang.« Er deutete auf einen schmalen Durchgang, der am Pausenhof vorbeiführte. Harry war beeindruckt von Herkules' Fähigkeiten.

Gerda schien das jedoch anders zu sehen. »Das klingt aber nicht besonders überzeugend«, sagte sie. »Weißt du, wo diese Bushaltestelle ist, oder nicht?«

»Es kann eigentlich nur diese Richtung sein«, antwortete Herkules. »Das passt auch zu dem, was die Kinder so erzählen. Die veranstalten morgens immer Wettrennen in diesem Durchgang.« Er schob seine Brille ein Stück zurück. »Wisst ihr, ich bin ja selbst noch nicht mit dem Bus gefahren, da müssen wir uns jetzt einfach gemeinsam durchschlagen.«

»Du hast Nerven«, schimpfte Gerda.

Harry tätschelte ihr beruhigend den Panzer. »Ich vertraue Herkules. Wir werden das schon hinkriegen!«

»Da du die Schnellste von uns bist«, sagte Herkules, »könntest du auch vorrennen und nachsehen, ob das der richtige Weg ist.«

»ICH wollte nicht mit dem Bus fahren«, gab Gerda zurück.

Harry versuchte, die beiden zu beschwichtigen. »Es bringt doch nichts, wenn wir uns jetzt streiten. Lasst uns gemeinsam sehen, wohin dieser Weg führt.

Umkehren können wir immer noch, oder?« Als seine Freundin ihm keine Antwort gab, deutete er ein paar Meter vor sich. »Sieh mal, was da vorne wächst!«

Zwischen zwei Bodenplatten spitzte ein Löwenzahnköpfchen hervor. Gerda riss die Augen auf. »Das muss der richtige Weg sein!«, rief sie und rannte los.

Harry zuckte mit den Schultern. »Manchmal ist es leichter, als man denkt.«

Nachdem Gerda den Löwenzahn verspeist hatte, spazierten sie den Durchgang entlang. Harry fand es eigentlich ganz schön, denn hier standen keine hohen Bäume, sondern lediglich ein paar Büsche. »Wo sollen denn die Busse fahren«, fragte die Schildkröte nach einer Weile. »Der Weg ist ja viel zu schmal.«

»Da vorne kommt die große Straße«, meinte Herkules.

»Und da ist dann bestimmt auch die Bushaltestelle.« Er hatte einen winzig kleinen Notizblock aus seiner Tasche gefischt und kritzelte etwas auf das Papier.

»Erst mal kommen da vorne drei Mädchen«, bemerkte Harry. »Oh, dann sollten wir uns besser verstecken«, sagte Herkules. »Ein Meerschweinchen, ein Hamster und eine Schildkröte mitten in der Stadt sorgen auf jeden Fall für Aufsehen.« Er hüpfte ins Gebüsch und die anderen folgten. »Puh, wie es hier stinkt«, beschwerte sich Gerda. Harry stellte entsetzt fest, dass sich genau hinter seiner Schildkrötenfreundin ein brauner Haufen befand. »Am besten die Luft anhalten«, sagte er und hoffte, dass Gerda sich nicht umdrehte. Dann würde sie sich wahrscheinlich fürchterlich aufregen und sie würden es nie zur Bushaltestelle schaffen.

Die Mädchen gingen vorüber, ohne die drei Tiere zu bemerken. Eines von ihnen ließ jedoch etwas fallen. »Also so was!«, rief Gerda. »Das tut man aber nicht! Unsere schöne Umwelt!« »Genau«, stimmte Herkules mit ein. »Das ist unmöglich!« Er machte sich eifrig Notizen.

Harry blickte dem Meerschweinchen über die Schulter. »Was schreibst du dir da eigentlich die ganze Zeit auf?«, fragte er.

»Ich halte meine Beobachtungen fest«, erklärte Herkules. »Damit ich nichts vergesse. Falls ich mal wieder mit dem Bus irgendwo hinfahren muss.«

Gerda hatte sich ein Stück aus dem Gebüsch hervorgeschoben. »Kommt sofort zurück und hebt das auf!«, brüllte sie den Mädchen hinterher. »Sonst könnt ihr was erleben!«

Harry fragte sich, was in seine Freundin gefahren war. Zum Glück konnten die Kinder sie nicht verstehen! Da er sowieso nicht länger die Luft anhalten konnte, stürzte er sich zurück auf den Weg, atmete kräftig aus und gleich wieder ein. Dann begutachtete er das, was da auf dem Boden lag. Sein Herz schlug vor lauter Aufregung gleich ein paar Takte schneller.

»Kommt mal her!«, rief er.

»Das müsst ihr euch ansehen!« Behutsam hob er ein kleines Papierschirmchen auf.

»Ah«, machte Herkules. »So etwas habe ich schon mal gesehen. Das stecken die Menschen in ihre Eisbecher. Und was willst du damit anstellen?«

Harry lächelte: »Ich kann damit hamsterstarke Kunststücke vorführen. Auf dem Seil balancieren, zum Beispiel.«

»Da wird ja die Schildkröte im Panzer verrückt«, juchzte Gerda. »Harry, das ist ein Zeichen! Deswegen sind wir aus dem Buch gefallen! Weil dein alter Schirm kaputtgegangen ist.«

»Wovon redet ihr?«, wollte Herkules wissen.

»Der Schirm, mit dem ich immer im Zirkus auftrete, ist leider nicht mehr zu gebrauchen«, erklärte Harry. »Und jetzt liegt hier ein einfach so ein neuer herum. Das ist genial. Anna wird Augen machen!«

Er faltete das Schirmchen auf und zu und begutachtete es von allen Seiten. »Perfekt«, fand er. Dann stopfte er das Fundstück in die Tasche des Meerschweinchens.

»Ähm«, machte Herkules. »Das wird mir aber ehrlich gesagt etwas zu schwer. Können wir den nicht hier liegen lassen und nachher mitnehmen?«

»Auf gar keinen Fall«, protestierte Harry. »Dann schnappt ihn sich ein anderer.«

»Wer sollte sich den denn schnappen?«, fragte Herkules. »Für die Menschen ist das Müll!«

»Dann gib mir die Tasche und ich trage sie«, sagte Harry und streckte die Pfote aus. »Mir macht das nichts aus, wirklich.«

»Nein!«, antwortete Herkules. »Das ist meine Tasche. Ich habe so selten die Möglichkeit, einen Ausflug damit zu unternehmen, dass ich sie gerne selbst anbehalten würde.« Er zog den Schirm aus der Tasche und gab ihn Harry zurück.

»Wir könnten doch etwas von dem Proviant essen«, schlug Gerda vor. »Immerhin sind wir ja schon eine Weile unterwegs.«

Herkules stemmte die Pfoten in die Seiten. »Entschuldigt bitte, wenn ich das so sagen muss. Aber ich habe mir einige Gedanken zu unserem Ausflug gemacht. Und keiner von euch hält sich an den Plan! Ich kenne mich hier aus und kann in etwa abschätzen, was uns erwartet. Wenn wir jetzt schon alles aufessen, haben wir nachher nichts mehr, und das könnten wir durchaus bereuen.« Harry hatte das Gefühl, dass Herkules ein bisschen sauer wurde.

»Aber …«, setzte Gerda an, wurde von Herkules jedoch gleich wieder unterbrochen.

»Kein Aber!«, rief er. »Ihr seid einfach so hier aufgetaucht, verlangt, dass ich euch helfe, gebt euch allerdings nie mit irgendetwas zufrieden. Ihr seht ja, wie weit wir schon gekommen sind. Die eine motzt über den Weg, der andere sammelt Müll ein, den ich tragen soll. So macht es mir keinen Spaß! Wenn ihr meinen Plan nicht braucht, dann geh ich jetzt wieder zurück!«

Eine Weile sagte niemand mehr etwas. Harry wusste, dass er irgendetwas tun musste, um Herkules zu beschwichtigen. Sie waren schließlich ein Team und ohne Herkules wären sie total hilflos. Harry legte sich den Schirm über die Schulter. »Tut mir leid«, sagte er. »Ich wollte dich nicht ärgern. Natürlich brauchen wir deinen Plan! Ohne den wären wir hier völlig aufgeschmissen! Und den Schirm trage ich einfach selbst. Überhaupt kein Problem.«

Herkules nickte nur.

»Dann gehen wir jetzt weiter?«, fragte Harry vorsichtig.

Herkules nickte wieder.

»Wir können ja auch einfach einen Hamsterzahn zulegen«, schlug Gerda vor. »Dann holen wir die verlorene Zeit rein und alles läuft wieder nach Plan!«

»Einverstanden«, sagte Herkules und beschleunigte sein Tempo. Er ging nun ein ganzes Stück vor ihnen, Gerda und Harry folgten ihm schweigend.

Platsch! Auf Harrys Kopf war ein dicker Regentropfen gelandet. Er sagte jedoch nichts, weil er Herkules nicht wieder verärgern wollte. Als er noch einen Tropfen abbekam, nahm er den Schirm von der Schulter und umschlang ihn mit seinen Vorderpfoten.

»So ein Mist«, flüsterte Gerda. »Der ist doch aus Papier, oder nicht? Hoffentlich weicht er nicht durch!«

»Ich versuche, ihn zu schützen«, antwortete Harry leise.

Plötzlich blieb Herkules stehen, nahm seine Tasche ab und steckte seinen Notizblock hinein. Dann streckte er die Pfote aus. »Na los, gib schon her. Wäre ja echt schade, wenn dein Fundstück kaputtgeht.« Er stopfte sich schnell die Gurkenscheiben ins Maul, um Platz für den Schirm zu schaffen, schob ihn in die Tasche und verschnürte diese fest. Dann klopfte er einmal drauf und setzte sie wieder auf.

»Danke«, sagte Harry.

»Kein Ding«, antwortete Herkules. »Da vorne ist übrigens schon die Bushaltestelle.« Er deutete auf ein Schild mit einem großen H drauf.

»Das passt ja gut!«, witzelte Harry. »H wie Harry und H wie Herkules.«

»Schade, dass ich nicht Herda heiße«, murmelte Gerda, und sowohl Harry als auch Herkules fingen schallend an zu lachen. Und wie gut sich dieses Lachen anfühlte! Die ganze Anspannung war plötzlich verflogen.

»Dieser Müll regt mich wirklich auf!«, schimpfte Herkules, als er ein zusammengeknülltes Taschentuch erblickte. »Wer macht so etwas? An der Haltestelle ist doch ein Papierkorb. Na los, wenn hier schon sonst niemand für Ordnung sorgt, tun wir es wenigstens.« Er nahm das Taschentuch in die linke Pfote und schleifte es hinter sich her.

Als sie die Haltestelle endlich erreicht hatten, schnaufte Gerda wie nach einer dreistündigen Zirkusprobe. »Puh, war das anstrengend«, sagte sie. »Hoffentlich kommt der Bus gleich. Dann kann ich mich ein bisschen ausruhen.«

»Erst mal befördern wir den Müll an den richtigen Ort«, beschloss Herkules. »Am besten machen wir noch mal so eine Dreierpyramide wie vorhin.«

»Aber der Mülleimer hängt viel zu hoch«, bemerkte Gerda. »Da kommen wir auch mit unserer Pyramide gar nicht dran.«

»Doch, doch«, sagte Harry. »Wir müssen sie nur anders aufbauen. Du unten, dann das Meerschweinchen und ich ganz oben. Herkules macht am besten wieder eine Räuberleiter und schleudert mich hoch. Sollen wir es mal ausprobieren?«

»Wenn es denn sein muss«, sagte Gerda mit einem Seufzen und positionierte sich vor dem Mülleimer.

Herkules brauchte einen Moment, bis er auf dem nassen Panzer richtig Halt fand. Dann verschränkte er seine Vorderpfoten zu einer Räuberleiter.

Gerade als Harry sein linkes Hinterbein in die Räuberleiter stellen wollte, fing Gerda an zu schreien: »Der Bus kommt! Der Bus kommt!«

Harry riss die Augen auf. Tatsächlich kam ein riesiger Bus um die Ecke gerauscht. Harry winkte wie verrückt mit dem Taschentuch, damit der Busfahrer ihn auch sah und stoppte. Denn außer ihnen stand niemand an der Haltestelle. Harry wedelte und winkte und der Bus kam näher und näher.

»Haaaaaaallooooo!«, rief Harry. »Anhalten!«

Doch der Bus wurde nicht langsamer – ganz im Gegenteil! Er rauschte mit einem Affenzahn an der Haltestelle vorbei.

»In Deckung!«, brüllte Herkules, als ein riesiger Wasserschwall auf sie zukam. Der Bus war volle Möhre durch eine Pfütze gebrettert! Alle drei wurden sie durch die Welle von den Beinen gerissen und durch die Luft geschleudert.

»Hilfe!«, rief Harry und spürte einen Schlag am Kopf. Kurz darauf landete er unsanft auf dem Po. Um ihn herum war es dunkel.

»Harry?«, rief es von irgendwo her. Herkules.

Harry blickte sich um. Wo war er hier? Es roch unangenehm, wenn auch nicht ganz so schlimm wie

gerade noch im Gebüsch. An seiner Vorderpfote klebte etwas Banane und sein Hinterbein hing an irgendetwas Zähem fest. Ein Kaugummi! Das kannte er, weil Anna und Saphira auch öfter mal auf einem herumkauten. Außerdem war er unter Papierknäueln begraben. Er befreite erst seinen Fuß und schob dann das Papier beiseite.

»Harry, wo bist du?«, rief Gerda in größter Panik. Ihre Stimme klang weit, weit entfernt.

»Ich weiß es nicht«, antwortete Harry.

Die anderen waren einen Moment lang ruhig. »Du steckst vermutlich im Mülleimer«, rief Herkules dann. »Geht es dir gut?«

»Jaaaaa«, brüllte Harry zurück. »Es ist zwar ein bisschen eklig, aber immerhin ist das Taschentuch auch hier gelandet.«

»Na, wenigstens etwas«, meinte Herkules. »Schaffst du es allein wieder raus?«

Harry inspizierte den Mülleimerinhalt. »Ich kann mir bestimmt irgendetwas bauen und von dort aus dann an den Rand springen.« Er schob ein paar Papierknäuel zusammen, die allerdings nicht fest genug waren und immer wieder nachgaben. Da entdeckte er eine leere Flasche, die sich bestimmt super zum Balancieren eignete. Er krabbelte zu ihr rüber und versuchte, sie in die richtige Position zu rollen. Doch irgendetwas lag im Weg, und Harry linste durch die Flasche, um zu erkennen, was das war … und dann sah er plötzlich etwas, das die Gedanken in seinem Kopf rattern ließ. »He, Leute, das ist echt verrückt!«, rief er nach unten.

»Was denn?«, fragte Gerda aufgeregt.

»Ich glaube, ich habe den verlorenen Reifen gefunden!«

»Welchen verlorenen Reifen?«, meinte Gerda.

»Den von Hannes' Rennauto?« Herkules wusste sofort, wovon Harry sprach.

Harry nahm den Gummireifen und begutachtete ihn genau. »Ich kenne mich nicht so gut aus mit Rennautos, aber ich würde sagen: Ja.«

»Komm sofort aus dem Mülleimer«, befahl Herkules. »Und bring dieses Rad mit. Unser kleiner Ausflug ist hiermit beendet!« Harry hörte, wie das Meerschweinchen Gerda aufmunternd auf den Panzer klopfte. »Kannst beruhigt sein, Schildkrötchen. Wir brauchen nicht mit dem Bus zu fahren. Wir gehen wieder zurück.«

»Aber …«, begann Gerda. »Was ist mit Linus?«

Dieselbe Frage hatte sich Harry auch gestellt.

»Ich habe eine Idee«, verkündete Herkules. »Und die ist genial.«

Harry kletterte auf die Flasche, holte mit den Vorderpfoten Schwung und hechtete an den Rand des Papierkorbs. Mit einer Vorderpfote krallte er sich fest, in der anderen hielt er den Reifen. Dann zog er sich hoch. »Wir können dich sehen!«, rief Gerda, und die Freude in ihrer Stimme war nicht zu überhören. »Du musst nur ein Stück auf dem Rand entlangbalancieren, dann kommst du zu einer Stange, an der du runterrutschen kannst.«

»Fangt!«, rief Harry und warf den Reifen. Dann balancierte er vorsichtig auf die Stange zu und sauste mit Schwung daran runter.

»Hier bin ich wieder«, verkündete er. »Und jetzt sag schon, was du dir überlegt hast.«

Freunde

Am nächsten Morgen hockten Gerda und Harry wieder hinter dem Blumentopf. Von hier konnten sie alles genau beobachten.

»Seid ihr bereit?«, rief Herkules von seinem Käfig aus. »In zwei Minuten klingelt es und dann kommen die Kinder.«

»Bereit«, antwortete Gerda.

»Bereit«, sagte auch Harry. Er war ziemlich aufgeregt und hoffte, dass ihr Plan aufging.

Als die Glocke schrillte, verzog sich Gerda kurz in ihren Panzer, kam dann aber gleich wieder heraus, weil sie nichts verpassen wollte.

Der Holzboden knarzte, als die Jungen und Mädchen

ins Klassenzimmer stürmten. Harry sah, dass Linus zu seinem Platz gerannt kam und seine Schultasche auf den Boden schleuderte.

»Jetzt hat er den Reifen entdeckt«, rief Herkules von seinem Beobachtungsposten aus. »Er sieht ihn sich an und scheint zu überlegen, was er damit anfangen soll.«

Harry und Herkules hatten den Reifen nach ihrer Rückkehr gestern Abend auf Linus' Tisch gelegt, während Gerda vor lauter Erschöpfung sofort eingeschlafen war.

»Und jetzt kommt Hannes!«, schrie Herkules aufgeregt. »Bitte, bitte, guck zu Linus rüber!«

»Mensch, Herkules, was quiekst du denn so aufgeregt?«, fragte Hannes und ging erst mal zum Meerschweinchenkäfig.

»Du sollst nicht zu mir kommen, sondern zu Linus«, schimpfte Herkules.

Harry fand es mal wieder äußerst schade, dass die Menschen die Tiere nicht verstehen konnten. Dann sah er, dass Linus' Füße sich wieder von seinem Platz wegbewegten.

»Ich glaube es nicht!«, rief Herkules. »Er kommt auch zu mir an den Käfig. Ohhhh, ist das aufregend!«

Harry und Gerda lauschten gespannt darauf, was als

Nächstes passierte. Das war gar nicht so einfach, weil die anderen Kinder so laut waren.

»Guck mal, das hab ich gerade gefunden!«, krächzte Linus, doch Hannes schien ihn nicht gehört zu haben.

»Sag es noch mal lauter«, meinte Harry, und als hätte der Junge ihn verstanden, räusperte er sich und sagte: »Hannes, das lag bei mir auf dem Tisch.«

»Mein Autoreifen! Wie cool!« Hannes juchzte vor Freude. »Den habe ich so lange gesucht. Wo war der denn?«

»Nein, nein, nein!«, rief Herkules dazwischen. »Linus, jetzt bitte nicht wieder schüchtern auf den Boden gucken und stumm bleiben. Los, sag was!«

»Ich weiß nicht«, antwortete Linus, woraufhin Herkules ein begeistertes »Juhuuu!« ausstieß. »Der lag einfach bei mir auf dem Tisch.«

»Vielleicht hat ihn jemand gefunden und gedacht, es wäre dein Auto«, überlegte Hannes. »Ist ja auch egal. Danke, dass du ihn mir wiedergegeben hast.«

»Na klar«, antwortete Linus und trottete an seinen Platz zurück.

»So ein Käse!«, kommentierte Herkules. »Jetzt kommt Frau Brandes und der Unterricht geht los. Die Jungs hätten noch fünf Minuten länger gebraucht, dann wäre der Funke übergesprungen. Da verwette ich meine Brille drauf.«

»Blöder Hasenfurz«, seufzte Harry. »Wäre ja auch zu schön gewesen, um wahr zu sein.«

»Dann müssen wir uns wohl noch etwas anderes überlegen«, meinte Gerda. »Aber so viel Zeit bleibt uns auch nicht mehr bis zur neuen Show.«

»Solange hier Unterricht stattfindet, können wir eh nichts machen«, antwortete Harry. Sein Herz sank, denn eigentlich war ihr Plan so gut gewesen.

Als es einige Zeit später zur Pause klingelte, hatte Harry sich überlegt, zu Herkules auf den Schrank zu klettern. Vielleicht würde ihnen noch etwas einfallen, wenn sie gemeinsam das Klassenzimmer überblickten. Doch so weit kam es gar nicht. Herkules fing nämlich wieder an zu brüllen. »Ich werd verrückt! Hannes geht noch mal zu Linus an den Tisch! Spitzt die Ohren!«

Das taten Harry und Gerda auch. Im Moment wühlte Linus noch in seiner Schultasche herum, weil er irgendetwas zu suchen schien. Als er sich wieder aufrichtete, fragte Hannes: »Hast du vielleicht Lust, heute Nachmittag zu mir zu kommen? Dann könnten wir das Auto zusammenbauen. Wenn du willst, kannst du auch mal eine Runde fahren.«

»Das ist ja die Obermöhre! Total genial!« Herkules war vollkommen aus dem Häuschen.

Doch Linus antwortete nicht. Es vergingen drei Sekunden … vier Sekunden … fünf Sekunden …

»Ja«, erklang es schließlich so leise, dass man es kaum verstehen konnte. Und dann, etwas lauter: »Das wäre toll. Ich wünsche mir schon ewig ein ferngesteuertes Auto.«

»Na, dann kannst du jetzt ja mit meinem fahren«, sagte Hannes. »Es ist übrigens blau.«

»Blau ist meine Lieblingsfarbe!«, erwiderte Linus.

»Cool, meine nämlich auch«, sagte Hannes.

Das klang in Harrys Ohren alles ganz wunderbar. »Hast du das gehört?« Er stieß Gerda in die Seite.

»Ja, ja, ja«, erwiderte sie in einem fröhlichen Singsang. »Hamsterstark! Ich glaube, Linus hat es geschafft. Er ist über seinen Schatten gesprungen.«

»Und das alles nur wegen eines Autoreifens«, seufzte Harry selig. »Dass uns der so hilfreich sein würde …«

»Da hat sich dein kleiner Flug in den Papierkorb echt gelohnt«, witzelte Gerda.

Für Herkules gab es kein Halten mehr. Er sprang wie verrückt in seinem Käfig auf und ab. »Es hat geklappt, es hat geklappt, es hat geklappt!«

Linus kicherte. »Guck mal, was das Meerschweinchen da macht.«

»Ich weiß auch nicht, was mit dem los ist«, antwortete Hannes und kicherte ebenfalls. »Irgendwie ist es total aus dem Häuschen. Kommst du mit raus?«

»Klar«, sagte Linus. Und dann waren die zwei verschwunden.

»Wir haben zwanzig Minuten Zeit, bis die Pause zu Ende ist«, rief Herkules. »Wir probieren sofort aus, ob es jetzt klappt. Ob ihr endlich zurückkönnt. Harry, komm hoch und mach mir den Käfig auf.«

Gerda und Harry zwängten sich hinter dem Blumentopf hervor und zogen das Buch heraus. »Ich will ja nichts sagen, aber ich spüre schon einen leichten Sog«, behauptete Gerda. »Was willst du denn noch von Harry?«

»Ich möchte mich gerne von euch verabschieden«, sagte Herkules. »Außerdem habe ich noch Harrys Schirm.«

»Entschuldige bitte«, sagte Gerda. »War nicht so gemeint. Ich bin einfach nur schrecklich aufgeregt.« Sie holte einmal tief Luft. »Hamsterschleuder?«, fragte sie Harry, und der nickte. Harry stellte sich auf Gerdas Rücken, sie galoppierte los und machte vor dem Schrank mit dem Meerschweinchenkäfig eine Vollbremsung. Harry flog in hohem Bogen nach oben, landete mit einem Purzelbaum, öffnete den Käfig und schnappte sich den Schirm, den Herkules ihm hinhielt. Dann baute er die Linealrutsche auf und sauste zusammen mit dem Meerschweinchen wieder nach unten. Sie waren inzwischen ein eingespieltes Team. Jetzt standen die drei im Kreis um das Buch herum.

»War echt schön mit euch«, sagte Herkules. »Hab lange schon nicht mehr so ein verrücktes Abenteuer erlebt.« Er zögerte kurz. »Also, um ehrlich zu sein: Ich habe noch nie so ein verrücktes Abenteuer erlebt.« Dann streichelte er Gerda über den Panzer und tätschelte ihr den Kopf. »Du bist eine Gute, Gerda. Und ich bewundere dich dafür, dass du die ganze Zeit diesen schweren Panzer mit dir rumschleppst.«

Gerda lächelte verlegen. »War mir ein Vergnügen, dich kennenzulernen, Meerschweinchen.«

Harry spürte plötzlich einen dicken Kloß im Hals. Er hatte in so kurzer Zeit so vieles zusammen mit Herkules

durchgemacht. Sie hatten die Mäuse ausgetrickst und es mit der Katze aufgenommen. Waren durch die Straßen geirrt, in Büsche geflüchtet, hatten sich gestritten und wieder vertragen. Einen genialen Plan geschmiedet. Es fühlte sich an, als wären sie schon ewig Freunde. »Zum Hamster noch mal! Du wirst mir fehlen«, sagte er leise. »Bist echt ein toller Typ. Und megaschlau.« Er umschlang den dicken Meerschweinchenbauch und kuschelte sich an ihn. »Danke, dass du mir gleich ein paarmal aus der Patsche geholfen hast. Das mit dem Karate war eine echt geniale Idee.« Obwohl sein Herz schwer war, grinste Harry bei dem Gedanken.

Herkules lachte, dass sein Bauch wackelte, trotzdem ließ Harry ihn nicht los. Jetzt rückte auch Gerda ganz dicht an die beiden heran. »Wir drei«, seufzte sie. »Harry, Herkules und Gerda. Ein hamsterstarkes Team.«

Und während die drei so umschlungen dastanden, bemerkte Harry, dass sich plötzlich alles um sie herum zu drehen begann. »Ich glaube …«, begann er, doch dann war alles schwarz.

Manege frei!

Das Zirkuszelt war bis auf den letzten Platz besetzt. Harry lugte durch den Vorhang und beobachtete, wie Annas Papa als Clown durch die Manege spazierte. Franz hatte gerade auf seinem Hut Platz genommen und zwitscherte ein Lied, doch Joschi tat so, als wüsste er nicht, woher das Gezwitscher kam. Die Kinder kreischten vor Begeisterung und zeigten immer wieder auf den Vogel, woraufhin Joschi sich wie verrückt im Kreis drehte, über seine eigenen Füße stolperte und beinahe hinfiel.

»Ich wusste gar nicht, dass Franz so ein komödiantisches Talent hat«, bemerkte Moppi.

»Tja, bei uns im Zirkus sind eben alle für eine

Überraschung gut«, erwiderte Hoppi. »Nicht wahr, Harry?«

»Ohne Überraschungen wäre das Leben nur halb so schön«, sagte Harry mit einem Lächeln. Er spannte seinen kleinen Papierschirm auf und klappte ihn wieder zu – ein letzter Test vor dem Auftritt. Anna war ganz begeistert gewesen, als Harry sein Fundstück präsentiert hatte, und wunderte sich noch immer, woher er es hatte.

»Und, bist du aufgeregt?«, fragte der Hamster seinen Freund Herkules.

»Ein kleines bisschen schon«, gab der zu. »Aber eigentlich kann ja nichts schiefgehen. Die Pyramide haben wir schließlich oft genug geübt.«

»Du kannst dich auf uns verlassen«, sagte Gerda.

»Das macht wahre Freundschaft schließlich aus«, meinte Harry. Dann nahm er Herkules an die Pfote und trat in die Manege.

Katja Frixe, Jahrgang 1979, studierte Erziehungswissenschaften. Nach ihrem Studium war sie in verschiedenen Verlagen als Kinder- und Jugendbuchlektorin tätig, bis sie sich als Autorin selbstständig machte. Sie lebt mit ihrem Mann und ihren Zwillingstöchtern in der Nähe von Braunschweig.

Florentine Prechtel studierte in Mönchengladbach, Karlsruhe und Freiburg klassische Malerei und Bildhauerei. Nach künstlerisch spannenden und anregenden Stationen in Berlin, Barcelona und Rom wechselte sie zur Buchillustration für Kinder. Sie lebt mit ihrer Familie in Freiburg im Breisgau.